女性短经典
何向阳 主编

一夜盛开如玫瑰

池莉 ◎ 著

江苏凤凰文艺出版社

图书在版编目（CIP）数据

一夜盛开如玫瑰 / 池莉著. -- 南京 : 江苏凤凰文艺出版社, 2025. 5. -- ISBN 978-7-5594-9504-4

Ⅰ. I247.7

中国国家版本馆CIP数据核字第2025CT3915号

一夜盛开如玫瑰
池 莉 著

出 版 人	张在健
策划统筹	孙 茜
责任编辑	姜业雨
装帧设计	昆 词
责任印制	杨 丹
出版发行	江苏凤凰文艺出版社
	南京市中央路165号，邮编：210009
网 址	http://www.jswenyi.com
印 刷	苏州市越洋印刷有限公司
开 本	880毫米×1230毫米 1/32
印 张	7.625
字 数	120千字
版 次	2025年5月第1版
印 次	2025年5月第1次印刷
书 号	ISBN 978-7-5594-9504-4
定 价	52.00元

江苏凤凰文艺版图书凡印刷、装订错误，可向出版社调换，联系电话025-83280257

序言

我们为什么写作？

何向阳

我们为什么写作？这几乎是每位作家都要问到自己的问题。但是扪心自问之时，女性的回答可能独辟蹊径，也更加与众不同。

1947年7月3日，西蒙娜·德·波伏瓦在写给友人的信中言："生活中的一切我都想要。我想是女人，也想是男人，想有很多朋友，也想一人独处，想工作和写出很棒的书，也想旅行和享乐，想只为自己活着，又不想只为自己活着……你看，要得到我想要的一切，殊为不易。"① 七十七年之后我读到这段文字，心生感慨，我想，也许写作可以做到，写作使得我们暂时抛开性别，在"既是……""也是……"的结构中打破界限，使得"想""也想"和

---

① ［法］西蒙娜·德·波伏瓦、［德］爱丽丝·施瓦泽：《波伏瓦访谈录》新版序言，刘风译，北京联合出版公司2024年3月版。

"又不想"三者能够同时兼有而包容，从而避免波伏瓦所言的"疯狂"，因为她紧接着下面一句就是："要是做不到，我会气疯。"①

至于写作的状态，1976年5月在回答波尔特的关于写作与电影并行的创作问题时，玛格丽特·杜拉斯给出的言说似乎有些欲言又止："只有当我停止写作，我才停止，是的，我才停止某种……呃……说到底，发生在我身上最重要的事情，也就是写作。但我最初写作的理由，我已经不知道是什么了。"② 这一回答模棱两可，但它肯定了一件事：写作，"是发生在我身上最重要的事情"。杜拉斯曾专门有一部书名曰《写作》，这种生命的纠结，令我想起1985年由法国巴黎图书沙龙向世界各地作家提出的问题及其答复，在上海文化出版社选编的中译本《世界100位作家谈写作》中，作家们对"为什么写作"这一问题莫衷一是，答案五花八门：法国女作家玛格丽特·杜拉斯的回答是"对此我一无所知"；而英国女作家、后获得诺贝尔文学奖的多丽丝·莱辛的答案是，"因为我是个写作的动物"。③ 一晃，这场问答已是四十年前的事了。然而，问题

---

① ［法］西蒙娜·德·波伏瓦、［德］爱丽丝·施瓦泽：《波伏瓦访谈录》新版序言，刘风译，北京联合出版公司2024年3月版。
② ［法］玛格丽特·杜拉斯、［法］米歇尔·波尔特：《在欲望之所写作：玛格丽特·杜拉斯访谈录》，黄荭译，南京大学出版社2024年7月版，第5页。
③ 转引自何向阳：《我为什么写作》。见何向阳：《被选中的人》，花山文艺出版社2022年3月版，第8页。

似乎仍在我们心底，成为纠缠。

写作的动物。本能的表达。有些像杜拉斯书中转述的法国史学之父米什莱所谓的女巫，"因为孤寂，对今天的我们而言无法想象的孤寂，她们开始和树木、植物、野兽说话，也就是说开始进入，怎么说呢？开始和大自然一起创造一种智慧，重新塑造这种智慧。如果您愿意的话，一种应该上溯到史前的智慧，重新和它建立联系。"[1] 其实，杜拉斯于1976年5月的答波尔特问，关于居所中写作的主题，英国女作家弗吉尼亚·伍尔夫1928年写就的《一间自己的房间》已有类似答案。然而从1928年到1976年，四十八年过去，这个问题仍然能够在另一国度的女性写作者中产生共鸣，其意深远。

重新和它建立联系。没到终点。时间上也没有终点。事实是，距杜拉斯1976年之答问二十年后，1996年，苏珊·桑塔格在一篇题为《给博尔赫斯的一封信》的短文中，表达了她对写作的认识："你说我们现在和曾经有过的一切都归功于文学。如果书籍消失了，历史就会化为乌有，人类也会随之灭亡。我确信你是正确的。书籍不仅仅是我们梦想和记忆的随意总括，它们也给我们提供了自我超越的模型。有的人认为读书只是一种逃避，即

---

[1] ［法］玛格丽特·杜拉斯、［法］米歇尔·波尔特：《在欲望之所写作：玛格丽特·杜拉斯访谈录》，黄荭译，南京大学出版社2024年7月版，第7—8页。

从'现实'的日常生活逃到一个虚幻的世界、一个书籍的世界。书籍的意义远不止于此。它们是一种使人充分实现自我的方式。"①

一种充分实现自我的方式,是写作的意义所在。对于女性尤其如此。同时,一个作家写作,也是以梦想与记忆的方式,创生着人类及其历史。这是写作者的信仰,也是写作面对的最大现实。

但人类历史创生进程中,女性所起的作用往往并不常得到应有的重视。正如马克思在《致路·库格曼》中讲:"每个了解一点历史的人也都知道,没有妇女的酵素就不可能有伟大的社会变革。"② 女性的进步是社会进步的尺度和镜子,女性更是创生人类及其历史的重要力量。这封信写于1868年12月12日的伦敦。可惜156年后的今天,这一思想仍然有待于人类全体的再度发现和更深认知。

《社会变革中的女性声音》③ 中,我曾表达这样一种观点,中国女性在20世纪经历了三次思想解放。1919年新文化运动,1949年新中国成立,1978年改革开放,每次解放都激发了作家的创造。活跃、敏感的女作家及其智慧、

---

① [美]乔纳森·科特、[美]苏珊·桑塔格:《苏珊·桑塔格访谈录:我创造了我自己》前言,栾志超译,广西师范大学出版社2023年10月版。
② [德]马克思:《致路德维希·库格曼》,见[德]马克思、[德]恩格斯:《马克思恩格斯全集》第三十二卷,人民出版社1974年10月版,第571页。
③ 何向阳:《社会变革中的女性声音——"中国当代著名女作家大系"(小说卷)总序》。见何向阳:《似你所见》,中国书籍出版社2021年2月版,第39页。

灵性的表达，已成为人类文化书写力量中强大的一部分。

今日中国，正经历着历史上前所未有的深刻变革，作为中国社会变革的见证者、人类文化进步的推动者、中国式现代化进程的记录者，中国女作家们对于时代变革与文化进步的书写所留下的精神档案，弥足珍贵。

"女性短经典"的集结，是中国女作家历经20世纪三次思想解放基础之上新的思考与收获。当然，每部书从不同侧面各自回答了"我们为什么写作"的问题，同时，它们在艺术和心灵层面带给读者的，也比此前中国历史上任何一个时期女性的写作成果都更富足和丰硕。

成为这一成果的亲证者与创造者，十分幸运。

期待着您的加入。

是为序。

2024年7月22日　北京

（何向阳，诗人、作家、学者。出版有诗集《青衿》《锦瑟》《刹那》《如初》、散文集《思远道》《梦与马》《肩上是风》《被选中的人》、长篇散文《自巴颜喀拉》《镜中水未逝》《万古丹山》《澡雪春秋》、理论集《朝圣的故事或在路上》《夏娃备案》《立虹为记》《彼岸》《似你所见》、专著《人格论》等。作品译为英、意、俄、韩、西班牙文。获鲁迅文学奖、冯牧文学奖、庄重文文学奖、上海文学奖等。）

目录

生活秀　　001

一种占卜的草　　145

一夜盛开如玫瑰　　185

请柳师娘　　205

生活秀

1

过夜生活的人最恨什么？最恨白天有人敲门。

谁都知道，下午三点钟之前，千万不要去找来双扬。来双扬已经在多种场合公然扬言，说：她迟早都要弄一支手枪的；说：她要把手枪放在枕头底下睡觉；说：如果有人在下午三点钟之前敲响她的房门；说：她就会摸出手枪，毫不犹豫地，朝着敲门声，开枪！

这天下午一点半，来双扬的房门被敲响了。来双扬睡觉轻，门一被敲响，她就无可救药地醒了。来双扬恨得把两眼一翻，紧紧闭上，躺着，坚决不动。第二下的敲门来得很犹豫，这使来双扬更加恼火，不正常的状态容易让人提心吊胆，人一旦提心吊胆，哪里还会有睡意？来双扬伸出胳膊，从床头柜上摸到一只茶杯。她把茶杯握在手里，对准了自己的房门。

当敲门声再次响起的时候，来双扬循声投掷出茶杯。茶杯一头撞击在房门上，发出了绝望的破碎声。

门外顿时寂静异常。

正当来双扬闭上眼睛准备再次进入睡眠的时候，门外响起了来金多尔稚嫩的声音。

"大姑。"来金多尔怯怯地叫道，"大姑。"

来双扬说："是多尔吗？"

来双扬十岁的满脸长癣的侄子在门外说："是……我们。"

来双扬恨恨地叹了一口气，只好起床。

来双扬扣上睡觉时候松开的乳罩，套上一件刚刚能够遮住屁股的男式T恤，在镜子面前匆忙地涂了两下口红，张开十指，大把梳理了几下头发。

蓬着头发，口红溢出唇线的来双扬，一脸恼怒地打开了自己房门。

来双扬的门外，是她的哥哥来双元和来双元的儿子来金多尔。父子俩都哭丧着脸，僵硬地叉开两条腿，直直地站立在那里。

一个小时之前，来双元父子在医院拆线出院。他们是同一天做的包皮切除手术。小金在得知来双元也趁机割了包皮之后，发誓绝对不伺候他们父子俩。小金是来双元的老婆，来金多尔的妈妈。本来小金是准备照顾儿子的，可是她没有准备照顾丈夫。来双元事先没有与小金商量，就擅自割了包皮，这种事情小金不答应。不是说小金有多么看重来双元的包皮，而是她没有时间全天候照顾家里的两个男人。虽说小金是下岗工人，并不意味着她的地位就应该比谁低。小金有自己的生活。小金白天炒股，晚上跳广场舞，近期还要去湖南长沙听股票专家的讲座，她不可能全天候在医院照顾来双元父子俩。

小金明确告诉来双元，他们父子出院之后，家里肯定是没有人的。她要去湖南长沙了。到时候，来双元父子就自己找地方休养吧。

来双元非常了解老婆小金。但凡是狠话，她一定说话算话。来双元在办完了出院手续之后，怀着侥幸心理往自己家里打了一个电话。果然没有人接听。来双元只好带着儿子，投奔大妹妹来双扬。

来双扬坐在床沿上，两手撑在背后，拖鞋吊在脚尖上，睡眠不足的眼睛猩红猩红；她用她猩红的眼睛死剜着哥哥来双元。

来双元和儿子来金多尔，面对来双扬，坐一只陈旧的沙发，父子俩撇着四条腿，尽量把裤裆打得开开的。来双元气咻咻地控诉着老婆小金，语句重复，前后混乱，词不达意，白色的唾沫开始在嘴角堆积。随着来双元嘴唇的不断活动，白色唾沫堆积得越来越多，海浪一样布满了海岸线。

"扬扬，"来双元最后说，"我知道你要做一夜的生意，知道你白天在睡觉，可是多尔怎么办？我只有来找你。"

来双扬终于眨巴了几下眼睛，开口说话了。

"崩溃！只有来找我？请问，我是这家里的爹还是这家里的妈？什么破事都来找我，怎么不想想我受得了受不了？你是来家的头男长子，凡事应该是你挑大梁，怎么连自己的老婆都搞不定？既然老婆都没有搞定，你割那破包皮干什么？割包皮是为了她好，她不求你，不懂得感恩，你还去割不成？让她糜烂去吧！你这个人做事真是太离谱了！不仅主动去割，还和多尔同一天割，你这不是自讨苦吃是什么？崩溃吧，我管不了你们！我白天要睡觉，晚上要做生意！"

来双扬是暴风骤雨，不说话则已，一开口就打得别人东倒西歪。来双扬的语气助词是"崩溃"。她一旦使用了"崩溃"，事情就不会简单收场。来双扬之所以这般恼怒，除了她的睡眠被打断之外，更因为她根本就不相信来双元的鬼话。小金这女人一贯损人利己,来双元也经常与她狼狈为奸。来家父子一块儿割包皮这种事情,一定是他们事先商量好了的。

来双元结巴着解释说:"本,本来,我是没有打算和多尔一起做手术的。"

来双扬说:"废话。这不是已经做了。"

来双元继续解释:"因为,因为那天遇上的医生脾气好。现在看病,你知道的,遇上一个好脾气的耐心细致的医生多么不容易。既然遇上了,我就不想轻易放过机会。我只是问医生说我可以不可以割,谁知道那个医生热情地说:可以可以,我给你们都做了吧。"

来双扬说:"不做又怎样?危及你的性命了吗?"

来双元说:"我还不是为了小金。你知道,她总说我害了她。她有妇女病,宫颈糜烂了。她又没少对你唠叨。"

来双扬说:"那又怎么样?'鸡'们都有糜烂,

职业病，难道还能够要求世界上所有的嫖客都事先去割包皮？"

来双元理屈词穷。

来双元低声下气地说："好吧。事情都这样了，不说了。我错了好不好。让我和多尔在你这里休养两三天，就两三天。"

来双扬恼火透了，说："真是崩溃！我这里就一间半房。我白天要睡觉，晚上要做生意。下午三点以后要做账，盘存，进货，洗衣服，洗澡，化妆。我吃饭都是九妹送一只盒饭上来，盒饭而已。你说得轻巧，就住几天！谁来伺候你？走吧走吧！"

来双元不走，赖着。他发现了妹妹厌恶眼神的所在，便赶紧用舌头打扫唇线一带的白色唾沫。他狠狠看了儿子几眼，示意来金多尔说话。

来金多尔不肯说话。腼腆少年的喉结刚刚露出水面，小小喉结在脖子上艰难地上下运动着，结果话没有说出来，眼泪倒是快要出来了。男孩子显然羞于在人前流泪，他竭力地隐忍着，脸上的癣一个斑块一个斑块地粉红起来。来双元着急,粗暴推搡着儿子。来金多尔白了他父亲一眼,突然站起身来,冲向房门,小老虎下山一般。

来双扬动若脱兔,比她侄子的动作更快。在来金多尔冲出房门之前,来双扬拽住了他。

来金多尔在来双扬手里倔强地扭动着挣扎着,眼皮抹下,死活不肯与来双扬的视线接触。姑侄俩闷不吭声地搏斗着,就像一大一小两只动物。慢慢地,情况在转变,来双扬的动作越来越柔韧,来金多尔的动作逐渐失去了力量和协调性。一会儿,来双扬将侄子抱进了怀里。

来金多尔的眼泪悄悄地流了下来。

来双扬的眼泪也无声地流了下来。

来金多尔不能走!来金多尔是来家的希望之星。来金多尔今年十岁,读小学四年级,成绩在班级里一直名列前茅,打一手漂亮的乒乓球,唯一的爱好就是阅读,只要是文字,抓到手里都要读。他妈去朋友家打一天麻将,带了来金多尔去,来金多尔在别人家里看了一天的书和报纸。大堆的书报是他节省自己的午饭钱买的，因为那家里没有什么书报。大家都说来金多尔这孩子将来一定了不得。小金自己都很奇怪，说恐怕我们家这只破鸡窝里要出金凤凰了。母亲这一辈子看见字就头晕，儿子却做梦都在看书。小金闹不懂儿子的性格跟谁，因为来双元也不喜欢看书。

只有来双扬知道来金多尔跟谁。来金多尔跟她。来双扬也没有看多少书。一个在吉庆街大排档夜市卖鸭颈的女人，能够看多少书？但是来双扬心里却喜欢书，也知道尊重读书的人。用来双扬的话说，她不是不喜欢读书，是没有福气没有机会没有那个命。

来双扬说来金多尔跟她，这话是有来由的。当年来双扬和小金几乎同时有孕，前后几天生产。来双扬的婴儿因为医疗事故夭折了，她一胸脯的饱满奶水无处流淌；小金的婴儿挺好，她却完全干瘪没有一滴奶水。来金多尔便被抱过来吃来双扬的奶。

这一吃，就吃了三个多月。女人的奶水，不是随便可以给人吃的，她奶了谁谁就是她的亲人了；想不是亲人也不成，母爱随着奶水流进血液了。来双扬对来金多尔亲，来金多尔也对来双扬亲，就跟天生的一样。来双扬没有办法，她知道小金不乐意，她也没有办法。就连孩子的"来金多尔"这个名字，也是来双扬给取的，谁听了都说好。

小金自然是没有打算让来双扬替自己的儿子取名的。在儿子还没有出世之前，小金夫妇就给自己的孩子取了名字。孩子一出生就有许多名字在等着他。小金夫妇原本选择了"来毅彤"这个名字，可是在报户口的时候受到了打击，人家问："叫什么？'来一桶'？"

"来一桶"是一种桶装方便面的简称，漫天的广告都这么说：来一桶，不止多一点，实惠又好吃！小金夫妇想：这下糟了，这孩子将来上学就有现成的绰号了。那就考虑其他候选名字吧：来潇？来壮？来一帆？大家听了都摇头，都说太普通，太平凡，太容易与别人重复了。大家都说这孩子幸运地摊上了这么一个比较少见的姓氏，那还不取一个非常独特的名字？现在谁不希望自己在世界上独一无二？

小金夫妇想破了脑袋，也没有想出一个受到认可的名字来。还是来双扬的脑子灵活，再加上她对这孩子有着特别的感情，灵感说来就来了。来双扬隆重地推出了"来金多尔"这个名字。这个名字既把父母双方的姓联结在一起了，又利用字面含义给了孩子一个良好的祝愿：来的金子多哇！来金多尔！并且还是四个字的，最新潮最时髦的了，简直像外国人的名字。来双扬把这个名字一说出来，无人不喝彩，无人不叫绝。小金再不懂事，也拒绝不了这么好的名字。所以，来金多尔便叫来金多尔了，简称多尔，非常顺口，非常洋气，像外国人。这孩子吃的是来双扬的奶，用的是来双扬取的名字，又听话，又好学，又亲来双扬，怎么能够让来双扬不把来金多尔当作自己的骨肉呢？更加上来双扬的婴儿夭折了，婚姻也烟消云散了，来双扬怎么能够不把来金多尔当自己的儿子呢？

别管来金多尔脸上的癣斑。癣斑是暂时的。来金多尔是一个长相英俊的小哥儿，一点不像塌鼻子苞谷牙的小金，也不像连自己的唾沫都管不住的来双元。来金多尔的大模样活像他的叔叔来双久，眼睛酷像大姑来双扬。来家的兄弟姐妹四个，大哥来双元和二妹来双瑗相像，大妹来双扬和小弟来双久相像。久久是来家最漂亮的人物，脸庞那个周正，体态那个风流，眼睛那个妩媚，简直是没有办法挑剔的。吉庆街谁都叫他久久，谁都不忍心叫他的全名，因为只有久久叫得出亲昵、爱慕与私心来，久久是爱称。来双扬用自己多年积攒的血汗钱，盘下一爿小店铺，叫作"久久"酒店，送给没有正经职业的久久，让他做老板。可是久久到底还是吸上毒品了。久久进戒毒所三次了。久久的复吸率百分之百。漂亮人物容易自恋，容易孤僻，容易太在乎自己，久久就是这样的一种漂亮人物。久久现在骨瘦如柴，意志消沉，没有固定的女朋友了。指望久久正常地结婚生子,大概只是来双扬的痴心妄想了。现在大家都只能生育一个孩子,来家便只有来金多尔这棵独苗苗了!

用汉口吉庆街的话来说,来金多尔是来双扬的心肝宝贝坨坨糖。任何时候,来双扬都会把来金多尔放在第一位。因此,在父子俩都割了包皮的关键时刻,来双元就把儿子推到第一线了。来金多尔其实已经懂事了。一个小时之前,在医院,来金多尔就与他爸别扭着,他不愿意三点钟之前来敲大姑的门。来金多尔明白来双扬有多么宠爱他,他不想滥用她的宠爱。来金多尔是被父亲强迫的,他的小眼睛里,早就委屈着一大包泪水了。

爱这个东西,真是令女人智昏,正如权力令男人智昏一样。来双扬在瞬间完全变了一个人,一下子就是一个毫无原则毫无脾气的慈母了。来双扬抚摸着来金多尔的头发,不知不觉使用了乞求的语气,她说:"多尔,大姑不是冲你的。你知道大姑永远都不会冲你的。大姑就怕你不来呢。"

来金多尔说:"大姑,对不起。我本来坚持要在三点钟以后来,是爸爸逼我敲门的。"

来双扬说:"好孩子!"

来双扬带来金多尔洗脸去了。她会替来金多尔张罗好一切的。她会让他舒舒服服地躺下,递给他一本新买的书,然后就会替他张罗好吃的和好喝的,亲手端到来金多尔的床头,谁不让来双扬这么做都不行。

事情进行到这里,就算大功告成了。来双元吁出了一口长气,情绪立刻多云转晴天。他调整了一下身体,换了一个比较轻松的姿态,点燃了一支香烟,用遥控器打开了电视机。

电视里面有足球!足球最能缓解割过包皮的难受劲儿,足球也最能够让时间快速地过去,足球就是球迷的故乡。足球太好了!

来双元忽然领悟到了老婆小金的英明。他为什么不应该到来双扬这里休养几天呢?来双扬自己是自己的老板,又不要按时上班打考勤,照顾人起来,时间最灵活了。并且，来双扬居住的是他们来家的老房子，这房子应该有他来双元的份呀。再说了，来双扬既然把来金多尔当成她的儿子，难道她就不应该给他这个做父亲的一点回报吗？再说小金下岗两年了，基本生活费连她自己吃饭都不够，而来双扬在吉庆街做了十好几年了，有一家"久久"酒店，自己还摆了一副卖鸭颈的摊子，脖子上戴着金项链，手指上戴着金戒指，养着长指甲，定期做美容，衣服总是最时髦的，吃饭是九妹送上楼。盒饭？自己餐馆里聘请的厨师做的盒饭，还会差到哪里去？来双元非常乐意吃这种盒饭，还非常乐意让九妹送上楼。九妹从乡下来汉口好几年了，丑小鸭快要变成白天鹅了，她懂得把胸脯挺高，把腹部收紧了，还懂得把眉毛修细，把目光放开了。九妹有一点城市小姐的模样了。九妹是做不成久久的老婆的。久久不吸毒也不会娶九妹。有多少小富婆整夜泡在吉庆街，以期求得久久的青睐，久久是吉庆街的青春偶像，大众情人，光靠飞吻就可以丰衣足食，他怎么会傻到娶一个乡下打工妹呢？港星刘德华四十岁了都还继续塑造着金牌王老五的形象，以便大家想入非非，久久绝对不比刘德华差啊！既然九妹不可能是久久的老婆，那么九妹便是可以让大家实行共产主义的。自己家餐馆里雇的丫头，给大哥送送饭，让大哥看一看，摸一摸，这不是现成的吗？小金真是对的。这小娘们真不愧商贩世家出身，真正的城市人，为家里打一副小算盘，打得精着呢！来双元可要懂得配合老婆啊，他们要默契地过日子啊，能够为自己的小家庭节省一点就节省一点。大家不都是这么在过吗？不杀熟杀谁？哪一户人家，面子不是温情脉脉的，可实质上呢？不都是打着自己的小算盘。来双元又不是傻子。

　　人人都说来双扬厉害。来双扬厉害什么？来双扬不就是那张嘴巴厉害吗？来双元太了解他的大妹妹来双扬了，典型的刀子嘴，豆腐心。只要厚着脸皮赖着，顶过她那一阵子的尖酸刻薄，也就成了，来双扬从来都绝对不好意思亏待自己的亲人的。反正是自己的亲妹妹，又不是外人，让她刻薄一下无所谓，只要有利可图。

再说，来双扬为什么就不能够帮帮自己的哥哥呢？不就是割了包皮有几天行动不方便吗？一个男人有几只包皮？不就是一只吗？一个男人一生不也就是割一次包皮吗？难道来双元还会老来麻烦她？这个来双扬，也不深入地想想，也真是太不像话了。

这一次，来双元在汉口吉庆街来家的老房子里，住定了。

2

来双扬的夜晚是一般人的白天,她的白天是一般人的夜晚。说不清为什么来双瑗到了现在,也还闹不懂来双扬这种黑白颠倒的生活。闹不懂嘛,罢了也好,可是来双瑗偏偏喜欢管闲事。来双瑗特别喜欢管闲事,开口闭口要兼济天下,其实她连天下为何物都闹不清楚。这让来双扬怎么办才好呢?

在吉庆街,来双扬的一张巧嘴,是被公认了的。只有她的妹妹来双瑗不服气。来双瑗读了一个中专之后又读了成人自学高考的大专，学的是广播专业，出落了一口比较纯正的普通话。所到之处，来双瑗总是先声夺人。有事没事，来双瑗都会找一个话题大肆争辩。有时候，她会把大家搞得莫名其妙，以为她的性格就是如此偏激。其实来双瑗并不是为了表现她性格的偏激，而是为了表现她的机智和雄辩。来双瑗常常在公开场合出口伤人之后，背地里又去低声下气地求和。久而久之，来双瑗的目的也达到了，大家觉得来双瑗还是一个很好的人，就是有一张雄辩的利嘴。姐姐来双扬，与谁说话都占上风，唯独就怕妹妹来双瑗。来双瑗为此，一直暗自得意。她认为，她的姐姐，说是嘴巧，不过就是婆婆妈妈，大街小巷的那一套俗话罢了。然而在来双扬这里呢，她是一点都不想与妹妹争高低的。来双瑗是她的亲妹妹，是她一手带大的，与她争什么山高水低？再说，来双瑗一直都有一点生瓜生蛋的，人情世故总也达不到圆熟通透的地步，世界上的道理，没有来双瑗不懂的，可现实生活中的道理，来双瑗没有一条是懂的。比如来双瑗居然就是不懂来双扬的生活方式。来双扬简直懒得与来双瑗说话。

可是,来双瑗就是要与来双扬说话。这不,来双瑗又找到来双扬了。

来双瑗最近在酝酿一次大动作。在大动作之前,来双瑗觉得她必须找姐姐好好地谈一次。来双瑗质询和规劝姐姐说:"扬扬,其实现在的人生已经有好多种选择了,我始终不明白,你干吗一定要过这种不正常的生活?"

来双扬瞅着妹妹,翘起眉梢,半晌才开口,她懒洋洋地说:"瑗瑗啊,你几岁了?你装什么糊涂呢?"

来双瑗激昂地说:"我没有装糊涂,是你在装糊涂!"

来双扬说:"崩溃!"

来双扬这里的"崩溃"表达一言难尽的感叹。她不再说话了。她懒得说话了。她不知道对妹妹说什么才好。

来双瑗却是不肯放过姐姐的。她得挽救她的姐姐。来双瑗目前受聘于一家电视台的社会热点节目，她正在筹备曝光吉庆街大排档夜市的扰民问题。她不希望到时候她姐姐的形象受到损害。来双扬为什么就不能另找一种职业呢？像来双瑗，她的个人档案和工作关系都还留在远郊的兽医站，可她已经跳槽了十余家单位了。现在的社会，就是已经有好多种人生选择了，一个人大可不必非得死盯在一个地方，死做一件事情。像来双瑗，十年前就放弃了兽医职业，一直应聘于各种新闻媒体，做了好几次惊世骇俗的报道。十年的历练下来，来双瑗在本市文化界树立了独特的个人形象。这不是很成功吗？来双扬为什么就看不到她的成功呢？近年来，甚至有著名的评论家，评价来双瑗有鲁迅风格。如此，来双瑗便是不会容忍姐姐来双扬的沉默的。

来双瑗下意识地摹仿着鲁迅的风格说话，她眉头紧紧挤出一个"川"字，沉痛地说："扬扬，我想推心置腹地告诉你，我是你的亲妹妹，我非常非常地爱你。但是，我实在不能够理解和接受你现在的生活方式，在吉庆街卖鸭颈，一坐就是一夜，与那些胡吃海喝猜拳行令的人混在一块儿，有什么意义？'久久'完全可以转租给九妹或者别人。吉庆街的房子产权问题，也不是说非得要住在吉庆街才能够得到解决。老房子的产权问题是一个非常复杂的问题，牵涉到一系列的国家政策，几十年的旧账了，不是一朝一夕可以解决的。难道我就不想要回老祖宗的房产吗？No！只是我没有那么幼稚，这不是三天两头找找房管所，房管所就可以解决的事情。OK？"

来双扬抢白说："难道要找江书记？"

来双瑗说："你这就太不严肃了。反正靠你赖在吉庆街住着，跑跑房管所，肯定是不管用的。好了，这件事情倒是次要的，我们国家的历史上发生了太多的社会变革，房产问题也不是我们来家一家人的问题，是一个历史问题，我们暂时不要去管它了。关键的是，扬扬，我真的要动吉庆街了。现在你们的吉庆街大排档太扰民了。我收到的周边居民的投诉，简直可以用麻袋装。你们彻夜不睡觉，难道要居民们也都彻夜不睡觉？你们彻夜地油烟滚滚，难道让周边居民也彻夜被油烟熏着？你们彻夜唱着闹着，难道也要周边居民彻夜听着？"

来双扬说："来双瑗！你这话我的耳朵都听出茧子来了。是的是的是的，吉庆街夜市与居民是一个矛盾，可是我解决不了！你这话得去说给市长听！市长市长市长！我说过一百次了，真是崩溃！"

来双瑗站起来把手挥动着："扬扬，我讨厌你说'崩溃'！你这个人怎么就这么糊涂！我是在替你着想，在说你呢！你退出这种生活就不行吗？你从自己做起就不行吗？你不和卓雄洲眉来眼去就找不到其他的男朋友吗？你害久久害得还不够吗？如果不是在吉庆街混，他会吸毒？你为什么非得日夜颠倒，非得甘于庸俗，甘当小市民呢？像我一样搬到市郊新型的生活小区去，拥有自己的书房，生活不就高雅起来了吗？"

来双扬哼地冷笑了一声，说："布置了一个书房就高雅了？生瓜蛋子！难道你不知道你姐姐我本来就是从小市民的娘胎里爬出来的吗？"

来双瑗连忙说："对不起，扬扬，我今天太激动了，有一些话可能说重了，比如久久，我知道你对他感情最深，照顾最多，但是你的感情太糊涂太盲目了。作为你的妹妹，也许我不要动吉庆街得好，可是我的职业我的良心我的社会责任感，使我不能不做我应该做的事情。我要警告你的是，我们的热点节目，会促使政府取缔你们的。到时候，我会非常痛苦的，你知道吗？"

来双扬点了一支香烟，夹在她的长指甲之间，白的香烟，红的指甲，满不在乎的表情，慵懒的少妇。她说："崩溃呀，我是害了久久，我是和卓雄洲眉来眼去。你动吉庆街吧。吉庆街又不是我的。吉庆街又不是没有取缔过的，而且还不止一次。你动吧动吧。"

来双瑗说："姐姐啊，我真是不明白。我们现在完全可以和吉庆街脱离关系了呀！"

来双扬不说话了,侧身卧下,姿态更加慵懒,眯起眼睛迷迷地吸烟。

来双瑗是不会慵懒的。来双瑗穿着藏青色的职业套裙,披着清纯的直发,做着在电视主持人当中正在流行的一些手势。来双瑗说:"扬扬啊,既然你这么固执,这么不真诚,那我就不多说了。你好自为之吧。我实在闹不懂,吉庆街,一条破街,有什么好的呢?小市民的生活,到底有什么好的呢?"

来双扬对着天空弹了弹她修长的指头,她举双手投降,她连她的语气词"崩溃"都不敢说了。来双扬说:"行了行了,我怕你好不好?我天不怕地不怕,就怕妹妹来谈话。"

来双扬怎么回答妹妹的一系列质问呢?来双瑗所有的质问只有主观意识,没有客观意识,脑子里所有的问题都没有想透,却还有强烈的教导他人的欲望,这下可真是把来双扬累着了。

我的天,来双扬没有认为吉庆街好,也没有认为小市民的生活好。来双扬没有理论,她是凭直觉寻找道理的。她的道理告诉她，生活这种东西不是说你可以首先辨别好坏，然后再去选择的。如果能够这么简单地进行选择，谁不想选择一种最好的生活。谁不想最富有，最高雅，最自由，最舒适，等等，等等。人是身不由己的，一出生就像种子落到了一片土壤，这片土壤有污泥，有脏水，还是有花丛，有蜜罐，谁都不可能事先知道，只得撞上什么就是什么。来双扬家的所有孩子都出生在吉庆街，他们谁能够要求父母把他们生到帝王将相家？

现在来双瑗选择生活很起劲，可是这并不表示命运已经接受了她的选择。兽医站的公函，还是寄到吉庆街来了。人家警告说：如果再继续拖欠原单位的劳务费，原单位便要将来双瑗除名。来双瑗可以傲慢地说："不理他们！"现在来双瑗是电视台社会热点的特约编辑，胸前挂着出入证自由地出入电视台，有人吹捧她是女鲁迅，她的自我感觉好得不得了，才懒得去理睬她的兽医站。来双扬却不可以这样，来双扬得赶紧设法，替妹妹把劳务费交清了。

来双扬非常明白：来双瑗现在年轻，可她将来肯定是要老的；来双瑗现在健康，可是她肯定会有个头痛脑热的。花无百日红，人无千日好。手里有粮，心里才不慌。来双扬对于将来的估计可不敢那么乐观。现在来双瑗到处当着特约特聘，听起来好听，好像来双瑗是个人才，人家缺她不可。来双瑗可以这么理解问题，来双扬就不可以了，她要看事情的本质，事情的本质就是：这种工作关系松散而临时，用人单位只发给特聘费或者稿费，根本不负责其他社会福利。如果兽医站真的将来双瑗除了名，那么来双瑗的养老保险、公费医疗、住房公积金等社会福利都成问题了。来双瑗学历低，起点低，眼睛高，才气低，母亲早逝，父亲再婚，哥哥是司机，姐姐卖鸭颈，弟弟吸毒，一家不顶用的普通老百姓，而且祖传的房产被久占不归还，自己又是日益增长着年龄的大龄女青年，在竞争日益激烈的今天，到吉庆街跑新闻的小伙子貌不惊人，可人家都是博士生。来双瑗将来万一走霉运，来双扬不管她谁管她？

来双扬不在吉庆街卖鸭颈？她去做什么？卓雄洲追求她，买了她两年的鸭颈，她不朝他微笑难道朝他吐唾沫？

来双扬实在懒得对来双瑗说这么多话。况且有许多话，是伤害自尊心的，对于敏感高傲又脆弱的来双瑗，尤其说不得。说来双扬是一张巧嘴，正是因为她知道哪些话当说，哪些话不当说；什么话可以对什么人说，什么话不可以对什么人说。再怎么的，来双瑗也是她的亲妹妹，从小没有娘的孩子，来双扬不能什么话都对她说。伤人的东西，除了刀枪，就数语言了。来双扬自然要挑着话说，要不，她的生意会一直做得那么好？

来双瑗实在是让来双扬伤脑筋，正因为她这么个德行，男朋友总也处不长，将来到底嫁不嫁得出去呢？其实只要是人，便有来历，谁都不可能扑通一声从天上掉到自己喜欢的地方。来双瑗是逃不出她自己的来历的，她一直竭力地要从那发黄的来历里挣脱出去，那也情有可原，可是一个人万万不要失去对这来历的理解能力呀!

现在的吉庆街,一街全做大排档小生意。除了每夜努力挣一把油腻腻的钞票之外,免不了喜欢议论吉庆街的家长里短、典故传说。对于那些蛰伏在繁华闹市皱褶里的小街,家长里短、典故传说就是它们的历史,居民们的口口相传就是它们的博物馆。在吉庆街的口头博物馆里,来家的故事是最古老的故事之一。

吉庆街原本是汉口闹市区华灯阴影处的一条背街。最初是在老汉口大智门城门之外,是云集贩夫走卒、荟萃城乡热闹的地方。二十世纪初,老汉口是清朝改革开放的特区,城市规模扩展极快,吉庆街就被纳入城市了。那时候正搞洋务运动,西风盛行,城市中心的民居,不再是传统的样式;而是顺着街道两边,长长一溜走过去,是面对面的两层楼房了。这两层楼房的每个房间,都有雕花栏杆的阳台;每扇窗户的眉毛上,都架设了条纹布的遮阳篷;家家户户的墙壁都连接在一起,起初两边的人家,说话都不敢大声，后来才发现，这种新型的居室比老房子还要隔音；妙龄姑娘洗浴过后，来到阳台上梳头发，好看得像一幅西洋油画，引得市民都来这里散步看风景。来双扬的祖父，也就是在那个时候赶时髦，购买了吉庆街的六间房子。

来双扬的祖父不能算是有身世的人，他是吉庆街附近一洞天茶馆的半个老板，跑堂出身，勤劳致富了，最多算个比较有钱的人。真正有身世的人，真正有钱的人，不久还是搬走了。花园洋房，豪宅大院的价值和魅力都是永恒的，公寓毕竟是公寓。何况像吉庆街这种最早的，不成熟的，土洋参半的公寓，随着社会的变迁，历史的进步，衰落得也很快。最终在吉庆街居住下来的，还是普通的市民。当楼房开始老化和年久失修的时候，居民的成分便日益低下，贩夫走卒中的佼佼者，也可以买下一间两间旧房了。过气的名妓，年老色衰的舞女，给小报写花边新闻的潦倒文人，逃婚出来沦为暗娼的良家妇女，也都纷纷租住进来了。小街的日常生活里充斥着争吵，呻吟，哭诉和詈骂。被逼仄的街道挤兑出来的尖利的回旋风，永远躲在吉庆街的角落里，向大街吹送路人的口水，半残的胭脂盒，污烂的粉扑和一团团废弃的稿纸。

　　这样的小街是没有什么大出息的，只不过从中活出来的人，生命力特别强健罢了。来双扬就是吉庆街一个典型的例子。来双扬十五岁丧母，十六岁被江南开关厂开除。那是因为她在上班第一天遇上了仓库停电，她学着老工人的做法用蜡烛照明。但是人家老工人的蜡烛多少年都没有出问题，来双扬的蜡烛一点燃，便引发了仓库的火灾。来双扬使国家和人民财产遭受了巨大损失，本来是要判刑的。结果工厂看她年幼无知，又看她拼命批判自己，跪在地上哀求，便只是给了她一个处分：除名。在计划经济时代，除名，对于个人，几乎就是绝境了。顶着除名处分的人，不可能再有单位接收。没有了再就业的机会和权利，几乎等同于社会渣滓。来双扬的父亲来崇德，一个老实巴交的教堂义工，实在不能面对来双扬、来双瑗和来双久三张要吃饭的嘴，再婚了。一天夜里，他独自搬到了寡妇范沪芳的家里，逃离了吉庆街。那时候，来双瑗刚读小学，来双久还是一个嗷嗷待哺的幼儿。于是，在一个饥寒交迫的日子里，来双扬大胆地把自家的一只小煤球炉子拎到了门口的人行道上。来双扬在小煤球炉子上面架起一只小铁锅，开始出售油炸臭干子。

来双扬的油炸臭干子是自己定的价格，十分便宜，每块五分钱，包括提供吃油炸臭干子简易餐具以及必备的佐料：红剁椒。流动的风，把油炸臭干子诱人的香味吹送到了街道的每一个角落，人们从每一个角落好奇地探出头来，来双扬的生意一开张就格外红火。城管、市容、工商等有关部门，对于来双扬的行为目瞪口呆。来双扬的行为到底属于什么行为？他们好久好久反应不过来。

来双扬是吉庆街的第一把火。是吉庆街有史以来，史无前例的第一例无证占道经营。安静的吉庆街开始热闹，吃油炸臭干子的人，从武汉三镇慕名而来。来双扬的油炸臭干子生意，迅速地扩大，十几张小桌子，摆上了吉庆街。来双扬用她的油炸臭干子养活了她和她的妹妹弟弟。可是来双扬的历史意义远不在此，有关史料记载，来双扬是吉庆街乃至汉口范围的第一个个体餐饮经营者。自来双扬开始，餐饮业的个体经营风起云涌，吉庆街改革开放的新时代由此开始。用来双元的老婆小金的话说：来双扬是托了邓小平的福。如果不是邓小平搞改革开放，来双扬胆量再大，也斗不过政府。

总而言之，在吉庆街，来双扬是名人。来双扬是吉庆街最原始的启蒙。来双扬是吉庆街的定心丸。来双扬是吉庆街的吉祥物。来双扬是吉庆街的成功偶像。虽说来双扬只卖鸭颈，小不丁点儿的生意。但是她的小摊一直摆在吉庆街的正中央，并且整条街道就她一个人专卖鸭颈，没有别的人敢与她争夺生意。并且这种高规格的待遇和地位都不用来双扬自己索要，她不用说什么，不用与人家争吵和抢夺地盘。但凡新来做生意的，都会受到地头蛇的警告。

间或有血气方刚的愣头青企图挤走来双扬的小摊，老经营户们全都不答应，老食客们也全都不答应。想要动粗的人，也不是没有，只是还没有来得及动粗，自己就先流血了。最后还须来双扬点个头，说："饶了他吧。"这就是偶像的待遇。众人对来双扬的尊重和维护是自觉的，无须来双扬付出什么。来双扬以她的人生经验来衡量，她认为这就是世界上最来之不易的东西了。

　　来双扬的鸭颈十块钱一斤，平均一个晚上可以卖掉十五斤。假如万一卖不动，到了快打烊的时候，就会有卓雄洲之类的男子汉出面，将鸭颈全部买走。

　　来双扬不在吉庆街做，她在哪里做？

　　来双扬不在吉庆街居住，来双元父子割了包皮怎么办？哪里会有这么好的条件，两个大活人的一日三餐，都有九妹免费送上楼来？难道来双扬真的可以不管来双元父子？她不能！

3

来双瑗的社会热点节目，动到吉庆街的头上，吉庆街大排档很可能再一次被取缔。这一点来双扬丝毫不怀疑。来双扬自己也坦率地承认，吉庆街实在太扰民了。彻夜的油烟，彻夜的狂欢，彻夜的喧闹，任谁居住在这里，谁都受不了。整条街道完全被餐桌挤满，水泄不通，无论是不是司机，谁都会因为交通不方便而有意见。可是，来双扬有什么办法呢？就像她说的，她又不是市长。如果她是市长，大约她就要考虑考虑，对于吉庆街夜市大排档，光有取缔是不够的。还要有什么？来双扬就懒得去想了，因为她不是市长，她要操心她自己和他们来家的许多许多事情。

即便是吉庆街被取缔，来双扬也不着急。取缔一次，无非她多休息几天而已。前年夏天的取缔，已经是够厉害的了。出动的是政府官员，戴红袖标的联防队员，穿迷彩服的防暴武装警察和消防队的高压水龙头。吉庆街大排档，不过四百米左右的一条街道，取缔行动一上来，瞬间就被横扫。满满一街的餐桌餐椅，顿时东倒西歪，溃不成军。卖唱的艺人、擦皮鞋的大嫂、各种身份的小姐纷纷抱头鼠窜。没有执照的厨师，早就从灶间狭小油腻的排风扇口爬了出去，连工钱也顾不得要了。来双扬从来不与取缔行动直接对抗。她待在自己家里，坐在将近一百年的阳台上，抓一把葵花子嗑着，从二楼往下瞧着热热闹闹的取缔过程。她眼瞅着"久久"酒店被贴上封条，眼瞅着她卖鸭颈的小摊子被摔坏，来双扬真是一点不着急。因为战斗毕竟是战斗，来势凶猛但很快就会结束。在取缔结束之后的某一个夜晚，在居民们好不容易获得的安睡时刻，卖唱的艺人，擦皮鞋的大嫂，自学成才的厨师，各种小姐，等等，又会悄悄地潜了回来。啤酒开瓶的声音，砰的一声划破夜的寂静，简直可以与冲动的香槟酒媲美。

转瞬间，吉庆街又红火起来，又彻夜不眠，又热火朝天，整条街道，又被新的餐桌餐椅摆满。南来北往的客人，又闻风而来，他们吃着新鲜的便宜的家常小炒，听着卖唱女孩的小曲或者艺校长头发小伙子的萨克斯，餐桌底下的皮鞋被大嫂擦得油亮，只须付她一元钱。卖花的姑娘是宁静的象征，缓缓流动的风景，作为节奏，点缀着吉庆街的紧张的胡闹；她们手捧一筐玫瑰，布衣长裙，平底灯芯绒布鞋，两条刻意复古的辫梢垂在胸口，眼神定定的纯纯的，自顾自地坚持一种凄楚又哀怜的情调；这情调柔弱但却坚韧，不在乎穿梭算卦的巫婆，不在乎说荤段子的老汉和拍立时得快照的小伙子；也不在乎军乐队吹奏得惊天动地、二胡的"送公粮"拉得欢快无比和"阿庆嫂"的京剧"斗智"唱得响彻云霄；她们移动的方向只受情歌的暗示和引导：

"九妹九妹，可爱的妹妹……"

"妹妹你坐船头，哥哥在岸上走……"

"你到底有几个好妹妹？为何每个妹妹都这么憔悴？"

"已经牵了手的手，来生还要一起走……"

"对面的女孩看过来，看过来看过来……"

"爱就一个字，我只说一次……"

情歌是一条无际的河流，说它有多长它就有多长；有多少玫瑰花，也是送不够的。

还有另外的一种歌，表现吃客的阶级等级：

"月儿弯弯照九州，几家欢乐几家愁，几家高楼饮美酒，几家流落在呀嘛在街头。"

"手拿碟儿敲起来，小曲好唱口难开，声声唱不尽人间的苦，先生老总听开怀。唉唉唉……"

只要五元钱，阶级关系就可以调整。戴足金项链的漂亮小姐，可以很乐意地为一个脸色黢黑的民工演唱。二十元钱就可以买哭，漂亮小姐开腔就哭。她们哀怨地望着你，唇红齿白地唱道："人家的夫妻团圆聚啊，孟姜女，她的丈夫却修长城哪……"漂亮小姐一边唱一边双泪长流，倒真的是可以在那么一阵子，把你的自我感觉提高到富有阶级那一层面。

吉庆街大排档就是这样，野火烧不尽，春风吹又生。一次又一次，取缔多少次就再生多少次。取缔本身就是广告。每次取缔，上万的人挤满大街看热闹。第二天，上万张嘴巴回去把消息一传，吉庆街的名气反而更大了。天南海北的外地人，周末坐飞机来武汉，白天关在宾馆房间睡大觉，夜晚来吉庆街吃饭，为的就是欢度一个良宵。吉庆街实际上已经不仅仅是一个吃饭的大排档了。在吉庆街，二十元钱三十元钱，也能把一个人吃得撑死；菜式，也不登大雅之堂，就是家常小炒，小家碧玉邻家女孩而已。在吉庆街花钱，主要是其他方面，其他随便什么方面。有意味的就在于"随便"两个字，任你去寻找，任你去想象。吉庆街是一个鬼魅，是一个感觉，是一个无拘无束的漂泊码头；是一个大自由，是一个大解放，是一个大杂烩，一个大混乱，一个可以睁着眼睛做梦的长夜，一个大家心照不宣表演的生活秀。

这就是人们的吉庆街。

卓雄洲，一位体面的成功男士，在某一个夜晚，便装前来，仅仅花了五十元钱，就让一个军乐队为他演奏了十次打靶歌。卓雄洲再付五十元，军乐队便由他指挥了，又是十次打靶歌。卓雄洲请乐队所有乐手喝啤酒，大家一起疯狂，高唱："日落西山红霞飞，战士打靶把营归，树上红花映彩霞，愉快的歌声满天飞，咪嗦呐咪嗦，呐嗦咪哆来，愉快的歌声满天飞，一，二，三——四！"这个在军营里度过了人生最可留念的青春时光的中年人，现在每天必须西装革履正襟危坐，办公室设在豪华的高层写字楼，要到专门的吸烟区才能够吸烟；要礼貌地对在场的小姐女士说:"我可以吸烟吗?"这才够绅士和够风度。卓雄洲来到吉庆街,嘴角叼着香烟,放开嗓门大喊"一,二,三——四!"该是多么舒畅和惬意。那夜,卓雄洲在"久久"酒店喝得酩酊大醉,一眼看上了来双扬,把来双扬的鸭颈全部买了下来。

那夜,恰巧有月亮。起初,来双扬试图与卓雄洲对视。经过超长时间的对视之后,来双扬没有能够成功地逼退卓雄洲,来双扬只好撤退。来双扬从卓雄洲强大的视线里挣脱出自己的目光,随意地抬起了头。就是这个时刻,来双扬看见了天空的一轮满月。那满月的光芒明净温和,纯真得与婴儿的眸子一模一样,刚出生的来金多尔是这样的眼睛,幼年的久久也曾经拥有这样的眼睛。来双扬从来没有在吉庆街看见过这轮月亮。浮华闹市是不夜天,从来没有这样的月亮。这月亮似乎是为了来双扬的目光有所寄托,才特意出现的。这是恋爱情绪支配下的感动。来双扬的心里莫名其妙地翻涌着一种温暖与诗意。尽管来双扬不可能被卓雄洲一眼就打倒,可她不能不被月亮感动。来双扬毕竟是女人，被人爱慕是女人永远的窃喜，以及所有诗意的源泉。

"久久"酒店是来双扬送给弟弟来双久的，久久是老板，来双扬是经理。十来平方的小餐馆，什么经理？帮着张罗就是了。久久长成了一个英俊小伙子，葡萄黑眼，英雄剑眉，小白脸，身边美女如云。久久喜欢穿梦特娇丝质T恤，把手机放在面前，端一把宜兴紫砂茶壶，无所事事的模样，小口小口抿茶，眼睛遇上了姐姐来双扬，就对她贴心贴肺地一笑，这种笑，久久只给来双扬一个人，谁都不给，对他再好的女人也不给。吉庆街的空气中有一条秘密通道，专门传递来双扬姐弟的骨肉深情。

这就是来双扬的吉庆街。

来双扬早先是吉庆街的女孩，现在是吉庆街的女人。吉庆街这种背街没有什么大出息，真正有味道的女人也出不了几个。民间的女子，脸嘴生得周正一些的，也就是在青春时期花红一时。青春期过了，也就脏了起来，胳膊随便挥舞，大腿随便叉开，里头穿着短短的三角内裤,裙子也不裹起来,随便就蹲在马路牙子边刷牙,春光乍泄了自己还浑然不觉。来双扬和来双瑗,原先倒也是这般的状况,一点廉耻不懂,很小就蹲在马路牙子边刷牙。后来来双瑗一读书,就乖了起来,懂得羞涩了,憎恨起吉庆街来了。来双扬这方面的知识,来得比她妹妹晚多了。来双扬卖油炸臭干子的时候,还不懂得女人的遮掩,里头不戴乳罩,穿一件领口松弛的衬衣,不时地俯下身子替吃客拿佐料,任何吃客都可以轻易地看见她滚圆的乳房。反而到了后来,来双扬也没有离开吉庆街,却逐渐出落得有味道起来了。到吉庆街吃饭的男人,毛头小伙子,自然懵里懵懂,只看年轻的卖花姑娘、穿超短裙的跑堂小姐和浓妆艳抹的陪吃女郎。可是只要是有一点年纪的男人,经过一些风月的男人,最后的目光总是要落到来双扬这里。

来双扬现在很有风韵。来双扬静静地稳坐在她的小摊前,不咋呼,不吆喝,眼睛不乱睃,目光清淡如水，来双扬的二郎腿跷得紧凑伏贴，虽是短裙，也只见浑圆的膝盖头，不见双腿之间有丝毫的缝隙。来双扬腰收着，双肩平端着，胸脯便有了一个自然的起落，脖子直得像棵小白杨。有人来买鸭颈，她动作利索干脆，随便人挑选，无论吃客挑选哪一盘，她都有十二分的好心情。钞票，她也是不动手去点收的，给吃客一个示意，让吃客自己把钞票扔在她小摊的抽屉里，如果要找零，吃客自己从抽屉里找好了。来双扬的手不动钞票。来双扬就是一双手特别突出，人的青春期是早已过去了，手们却依然线条流畅，修长白嫩。现在，来双扬懂得手的美容了，进口的蜜蜡，八十块钱做一次，她也毫不犹豫。她为这双手养了指甲，为指甲做了水晶指甲面，为夹香烟的食指和中指各镶了一颗钻石。当吉庆街夜晚来到的时候，来双扬出摊了。她就那么坐着，用她姣美的手指夹着一支缓缓燃烧的香烟。繁星般的灯光下，来双扬的手指闪闪发亮，一点一滴地跃动，撒播女人的风情，足够勾起许多男人难言的情怀。

卓雄洲最初就是被来双扬的手指吸引过去的。

来双扬在吉庆街的一大群女人中间，完全是鹤立鸡群。吉庆街一般的女人，最多也就是在出门之前，把头发梳光溜一点，把脸洗干净一点，穿上一身新款衣裳。连她们自己家的男人，也都埋怨自己的女人："做什么生意呀，弄得像一个去铁路上捡煤渣的婆子！没有吃过肉，也看见过猪在地上走吧？学学人家来双扬啊！"

来双扬是好学的吗？女人的风韵，难道就是一件两件新衣服穿得来的吗？太不是了。一个女人，事业又成功，风韵又十足，所以说，也就活该来双扬生意兴隆，活该来双扬独自卖鸭颈了。来双扬作为吉庆街的偶像，谁心里都无法不服气的，都暗暗地想：我操！这女人，跟妖精一样，真把她没有办法！

来双扬青春正好的时候还是邋里邋遢的，能够在吉庆街修炼出这么一番身手，也亏了她的悟性好。来双瑗早早逃离吉庆街，还比来双扬年轻十岁，也不就会长裙套装披肩发扮演清纯？女人二十五岁一过，说你清纯那就是骂你了；清纯就跟人体的某些器官一样，比如胸腺，那都是要随着年龄的成熟而必然消失的东西，不消失就是有毛病了。来双瑗却不懂这些，长年坚持披肩发。披肩发也不是随便的年龄和随便什么头型都能够采用的，来双瑗的额发生得那么低，头发质量枯瘦如麻，也舍不得花钱做发膜，怎么就可以让它随风飘舞呢？这种随风飞舞的模样不就是一个小疯婆子吗？来双扬心里明白来双瑗为什么总是站在她的对立面，总是批评她和教导她，与她无休止地斗气；因为来双扬是太招男人喜欢了。太招男人喜欢的女人很容易引起同类的嫉恨，这种嫉恨是天生的，本能的，隐私的，动物的，令自己羞恼的，死活都不肯承认的，一定要寻找另外的冠冕堂皇的理由来攻击她的，哪怕是姐妹呢，也不例外。来双扬对妹妹的攻击只有一笑了之。不一笑了之怎么办？来双瑗听不得来双扬评价她的举止行为和穿着打扮，一意孤行地清纯着。一个卖鸭颈的女人，知道什么！有什么审美修养！来双瑗比她姐姐有文化啊。

　　来双扬对来双瑗所谓的文化嗤之以鼻。她心里说：做人都没有做相，还做什么文化人。来双扬不是什么大人物，拥有的是自己的文化，但她懂得如何珍惜成就感。活得像不像一个人，就是来自成就感的。大人物的成就感来得还容易一些，因为他们欺世盗名很方便；卖鸭颈的来双扬取得一点成就，实在太不容易了。来双扬只能在吉庆街拥有成就感，所以来双扬是不会离开吉庆街的，就算过日夜颠倒的生活，那有什么关系呢？就算来双瑗的社会热点节目再次调动了防暴队，那又有什么关系呢？

4

来双扬有一个理想,很简单,那就是:她的全部生活就只是卖鸭颈。

在灯光灿烂的夜晚,来双扬光鲜地,漂亮地,坐在吉庆街中央,从容不迫地吸着她的香烟,心里静静地,卖鸭颈。

可是,来双扬的理想几乎没有实现的可能性。生活不可能只是单纯地卖鸭颈。卖鸭颈只是吉庆街的一种表面生活,吉庆街还有它纵横交错的内在生活。

这不,来双元已经在来双扬这里住了一个星期了。来金多尔三天以后就上学了,蹦蹦跳跳的。来双元却依然叉开两条腿,装着很痛苦的样子,继续休病假。原先说好在来双扬这里休养两三天的,一个星期过去,来双元还没有离开的意思。小金人没有来,电话也没有来。这就不对劲了。来双元是一个有家有口有老婆有工作单位的正常人,怎么可以在妹妹这里一住就是一个星期?怎么可以白吃白喝白要人伺候一个星期?来双扬感觉事情不对劲了。

来双扬在吉庆街长大,在吉庆街打出江山来,她就绝对不是一盏省油的灯。来双元是她的哥哥,哥哥做事情也不能这么没谱的。来金多尔上学以后,来双扬就知道哥哥也基本恢复了。不过来双扬还是继续容留着来双元父子。来双扬等待着哥哥自己开口。过了一个星期,来双元没有开口的迹象,反倒越住越起劲了。来双扬夜晚卖鸭颈并不轻松,看她消消停停地坐在那儿,眼睛冷冷地定着,心里的事情却在翻腾。她得琢磨如何对哥哥开口。这个口其实是不好开的,哥哥一定会难过,也一定会难堪,会觉得她这个妹妹太小气了。来双扬还不好直截了当地说哥哥与小金有默契,人家夫妻之间的默契,你没有证据,不能瞎说的。说得不好,前功尽弃,你伺候了他,招待了他,最后还欠了他的人情。来双扬想着想着,心里徒生委屈:这做人,怎么这么苦啊!

纵然心里有千般委屈万般烦恼,事情总归是要处理的。正好九妹过来,说她绝对不再给来双元送饭了。来双扬瞪九妹一眼,说:"你不送饭谁送?"

九妹不送饭谁送?吉庆街白天不做生意,就跟死的一样。"久久"酒店,便只有九妹一个人。晚上蝴蝶一般穿梭飞舞的姑娘,都是临时工,她们黄昏才来,九妹给她们每人扎一条"久久"的花边围裙,跑起堂来,显得人气升腾。其实来双扬真正能够使唤的,也就是九妹一个人。"久久"酒店自然还有一个厨师。厨师不送饭。虽说吉庆街的厨师没有执照没有文凭没有级别，炒菜也还是有一套的，蔬菜倒进铁锅里，也是要噗的一声冒起明火来的。所以行内也形成了规矩，厨师一般不离开灶台；离开灶台，要么是下班了，要么就得加工钱。九妹也曾央求过厨师给来双元送饭，厨师哪里肯送？吉庆街没有这个规矩的！

一般情况下，来双扬瞪了九妹，九妹就会从了。这一次九妹没有服从来双扬。九妹没有表情地说："反正我不送。"

来双扬再看一眼九妹的脸色，立刻就明白了。来双扬问："告诉我，来双元怎么你了？"

九妹眼皮往下一耷拉，半晌才说："怎么也没有怎么。"

半晌九妹又加了一句："反正我死也不给他送饭。"

来双扬心里有数了。她安抚地拍了一把九妹的臀部，说："干活去吧。"

来双扬找到与哥哥开口的由头了。

来双扬进屋就直奔电视机遥控器,抓住它就把电视机关了。来双元在来双扬这里居住的一个星期,来双扬的电视机永远开着。电视机好像是来双元身体和生活的一部分,他是那么地需要它。

来双元说:"干什么干什么?"

来双扬说:"哥哥,有一句话你知道不知道?"

来双元说:"什么话?"

来双扬说:"兔子不吃窝边草。"

来双元说:"怎么啦?"

来双扬说:"怎么啦?你不知道九妹是久久的人?不知道久久是你的亲弟弟?"

来双元说:"那个小婊子说我怎么她哪?我没有把她怎么样啊。再说,久久还不是玩她的。久久的女朋友一大堆。久久现在的状况,也结不了婚了,吸毒到他这种程度的人,都阳痿了。那个小婊子以为她是谁?金枝玉叶?不就是咱们家养的丫头吗?大公子我摸她一把那还是看得起她呢。"

"崩溃!"来双扬说,"我的哥哥,亏你说得出口!你还是共产党员哪!省直机关车队的司机哪!有妇之夫哪!你害臊不害臊?久久是在谈恋爱,人家两厢情愿,你臭久久干什么?九妹也不是咱们家养的丫头,是'久久'的副经理,人家是有股份的,你别狗眼看人低!"

来双元不耐烦了,说:"好了好了。把电视机打开。现在的男人怎么回事?你在吉庆街做的,还不知道?卓雄洲不也是共产党员吗?不也是有妇之夫吗?你怎么不说他去?别学着来双瑗,教导别人上瘾。你也少给我扣大帽子了。我告诉你,共产党员也是人,也有七情六欲。"

来双元提到卓雄洲,来双扬就被噎住了。卓雄洲专门买她的鸭颈,她对卓雄洲客气有加。这有什么呢?应该是没有什么。可是在吉庆街上,一切都是公开的透明的,一对男女彼此产生了好感,便不由自己辩解你们有没有什么了。卓雄洲在持续两年多的时间里,坚持来"久久"吃饭,坚持购买来双扬的鸭颈,谁都不认为卓雄洲疯了,只能认为卓雄洲是对来双扬有意思了。"有意思"就比较严重了。现在的社会，男女睡觉的勾当，日夜都在发生，大家倒是不以为然，也懒得关注，那是生意，满意不满意，公道不公道，在人家买卖双方。睡觉简单，有情义就不简单了。卓雄洲对来双扬有意思，大家就感到有情况了，得郑重对待了，要研究研究了。吉庆街一街的人，在忙着做自己生意的同时，都用眼睛的余光罩着卓雄洲和来双扬的举止行动。卓雄洲的个人简历，已经被大家打听得清清楚楚。来双扬这里，已经无数次受到提醒与警告。别人的事情，旁观者都是心明眼亮的，大家都知道来双扬应该怎么做：拒绝卓雄洲；或者应该首先要求卓雄洲离婚；或者每天提高鸭颈的价格，直到卓雄洲知难而退。

情况从这种角度被展现，来双扬想解释她与卓雄洲的关系，也是没有办法解释的了。因为她与卓雄洲手都没有碰过，没有什么可以解释的。

来双元以为自己很厉害，捏住了妹妹的短处。他不禁面露得色，要过去拿来双扬手里的遥控器。

来双扬把手一扬,退了两步,没有让来双元拿走遥控器。

来双扬一咬牙,终于把问题提出来了。她说:"我的事情你就别瞎操心了。我自己知道怎么办。我是一个单身女人,我好办。哥哥,九妹死活不肯给你送饭了,你是不是可以回家了呢?"

来双元立刻蔫了,捧住太阳穴,很难过的样子,说:"我就知道你想找借口赶我走。"

来双扬说:"什么叫作赶?你有你自己的家呀。"

来双元说:"那能算家吗?回去吃没有吃的,衣服没有换洗的,小金成天就知道找我要钱炒股,从来没有见她拿过一分钱回来。她一个下岗工人,我还不能说她,人家就等着和你吵架。你看这么多天,她给我们父子打过一个电话没有?要是在家里养病,多尔能够恢复得这么快?"

话题无意中就被来双元转移到了儿子身上。一说到来金多尔,来双扬就被母爱蒙住了心眼。母爱是世界上唯一兼备伟大与糊涂的激情。母爱来了,小事也是大事，大事也是小事。总之，顶顶重要的就是来金多尔了，而不是来双元在这里住了多久了。来金多尔，多么好的一个孩子啊！可别被这种家庭环境把心理扭曲了，把学习耽误了，把性格弄坏了。来双扬果真愁肠百结，说："哥哥，多尔是多好的一个孩子！是多么少有的一个孩子！为了多尔，你千万不要和小金争吵，夫妻感情不和最容易给孩子留下阴影的。"

来双扬丢开让来双元回家的话题了。峰回路转，来双元很是高兴。他也不想对妹妹说狠话。不到某一地步，他也不愿意说吉庆街这老房子也应该有他的一份产权。来双元只是谈谈儿子就够了。他说："就是啊。我是在尽量避免与小金闹矛盾。这不，她说去长沙听课，我就同意了。其实她听什么课都没有用，现在炒股，大户赚钱的都不多，他们这种小户不就是被人吃的吗？"

来双扬的思路完全顺着来双元操纵的方向走了。

来双扬说："哥哥，你们夫妻的事情，我本来不应该多嘴。可是为了多尔,我还是要多说几句。小金这种人,念书时候的数学课,从来就没有及格过,还炒什么股呢?你得劝她退出股市,找一个适合她的工作,把家里的家务料理好,给多尔创造一个良好的学习环境。只要多尔爱学习,将来送他出国深造,费用我来承担,这是我再三许诺过的。现在我整夜地卖鸭颈做什么?就是为了多尔的将来呀。"

吉庆街的来双扬,卖鸭颈的女人来双扬,她简单的理想是达不到的。她爱谁就为谁着想,爱谁就对谁负责,看见别人都纷纷送孩子出国念书,她也准备将来送侄子出国留学。她的事情多得很呢。

来双元已经是在与妹妹敷衍了。被驱逐的危险已经过去了。他的老婆应该怎么办,那不是来双扬的事情。小金不是没有找过工作,是找不到合适的工作。合适的工作现在都要年轻漂亮高学历的年轻人。如果小金有一份好工作,来双元也不会在来双扬这里蹭饭吃了。这话还有什么说头呢?事情不是明摆着的吗?来双元打着哈欠,又要遥控器。

来双扬与哥哥来双元的思路完全不一样。她看不见明摆着的事情。她不给来双元遥控器，她更加认真地说："怎么没有适合小金的工作？小金原本就是一个工人，还是做工啊。就是吉庆街，也很缺人手的。"

来双元说："我们小金不洗盘子！"

来双扬说："不洗盘子就不洗。那我给她介绍一户人家做家务吧。"

来双元说："扬扬！小金怎么能够去做用人呢？"

来双扬说："哥哥啊，什么用人？难听死了。现在叫作家政服务，叫作巾帼家政服务公司。一个工人出身的中年妇女，没有任何一技之长，做家务不是很好吗？肯吃苦的，多做几家，每月上千块的钱也是赚得来的。"

来双元很脸色不好看了。他说："扬扬，你是不是有一点傻？先不说小金愿意不愿意干，就是我这里，也通不过！我堂堂一个省直机关小车队的司机，省委书记和省长都不敢小看我，都要对我客客气气的，否则我的车在半路上出了故障，说请他下车他就得下车。我的老婆，饿死也不会去做用人！"

来双扬说："到了没有饭吃的那一天，我看她做不做？"

来双元说："她要是去做，我就先把她掐死算了，免得丢我的人！"

"崩溃！"来双扬说，"哥哥，你怎么是这样的一个人？你以为你是谁？你以为你们省直机关车队会永远是社会主义大锅饭？你以为你真的整得了省委书记和省长？你少在那儿自以为是好不好？说穿了，你不就是一个车夫吗？你不就是伺候人的吗？"

这一下，来双元就不客气了。他站起来，逼到来双扬的面前，抢走了遥控器。来双元指着妹妹的鼻子说："你侮辱我，那，我也就只好打开窗户说亮话了——我住在这里是理所当然的！你是没有权利赶我走的！这间老房子，是祖辈传下来的。按老规矩，这房子应该传给儿子；就算按现在的法律，我也有份。你凭什么不让我住在这里呢？"

来双元说完，狠劲按了一下遥控器，电视机轰然展开一个另外的天地，来双元一头进入那个天地里去了。

来双扬狠狠地念叨着"崩溃崩溃"，她算是领教了哥哥的自私、愚昧和横蛮。真是一娘养九子，九子九个样。闹了半天，来双元的目的就是要住在这里白吃白喝。来双扬忽然明白了：对付哥哥来双元这样的人，她还是太客气了。

"好！"来双扬说，"好好！来双元，你是来家的长子！你有权利居住吧！你就住吧住吧住吧！"

来双扬自己住到"久久"酒店去了。来双扬挤在九妹的暗楼上，昏天黑地痛哭了一场。

5

来双扬这个女人。哭是要哭的，倔强也是够倔强的，泼辣也是够泼辣的；做起事情来，只要能够达到目的，脸皮上的风云，是可以随时变幻的，手段也是不要去考虑的。

第二天，卖了一整夜鸭颈的来双扬，连睡觉都不要了。一大早，她出门就招手，叫了一辆三轮车，坐了上去，直奔上海街，找她父亲去了。今天来双扬一定要把房子的产权归属到自己的名下，看看日后来双元还敢说什么权利。

　　来双扬的父亲来崇德，居住在上海街他的老伴家里。他的老伴范沪芳，对于来崇德，是没有挑剔的，可就是不喜欢来崇德的四个子女。其中最不喜欢的就是来双扬。

　　当年来崇德擅自来到上海街，带着私奔的意味与范沪芳结了婚。来崇德的子女，个个都恨父亲。但是，胆敢打上门来的，也就是来双扬一个人。来双扬堵在范沪芳的家门口，叉腰骂街，口口声声骂来崇德的良心叫狗吃了，居然抛弃自己的亲生儿女；口口声声骂范沪芳骚婆娘老妖精，说她在结婚之前就天天缠着来崇德与她睡觉。偏偏范沪芳呢，的确是一个性欲旺盛的女人，年纪轻轻就守寡，时间长了熬不住，曾经与戗刀磨剪的街头汉子，闹出过一些花边新闻，在上海街一带有一些不好的名声。范沪芳与来崇德恋爱，一方面是看上来崇德为人老实脾气温和，一方面也是看中了来崇德床上的力气。来崇德与范沪芳，两人对于睡觉的兴趣，都是非常的浓烈。要不然，老实人来崇德也不会断然离开吉庆街。在吉庆街，与三个孩子住在一起，做事实在不能尽兴。加上来双扬已经是一个大姑娘，又没有工作，成天守在家里，像一个警察，逼得来崇德和范沪芳到处偷偷摸摸。所以，来崇德和范沪芳，在性生活方面，都很心虚。来双扬，年纪正是黄毛丫头青果子，只知道他们兄弟姐妹张口要吃饭，不知道男女之事也是人的命根子。她半点不体谅，打人偏打脸。来双扬的叫骂，在上海街引起轰动，万人空巷地看热闹，大家都捂着嘴巴吃吃地笑。硬是把范沪芳羞得多少年都低着头走路，不好意思与街坊邻居碰面。

幸亏后来，世道变了，中国改革开放，夜总会出现了，三陪小姐也出现了；到处是夜发廊，野鸡满天飞；离婚的，同居的，未婚先孕的，群奸群宿的，各种消息，报纸上每天都有；中央一级的大干部，因为经济腐败暴露出来，私人生活一曝光，也总是少不了情人的。来崇德和范沪芳的那一点贪馋，又发生在夫妻之间,大家终于不觉得是什么重要的事情了。范沪芳的头,这才逐渐抬起来了。更可喜的到了近几年,社会舆论总是不厌其烦地鼓励老年人坚持正常的性生活。许多信息台的热线电话,热情怂恿在半夜失败的老人们打他们的热线,他们承诺:接线小姐一定会通过电话,帮助老头子们勃起。在这种社会形势下,范沪芳还怕什么呢?

真是此一时彼一时。一切都时过境迁了。

不过范沪芳毕竟是上辈,表面上,与来双扬,也不好计较。可是范沪芳心里的大是大非,还是非常地旗帜鲜明。要说她对谁有深厚的感情,那就是对邓小平;要说她对谁有深厚的仇恨,那还是对来双扬。如果邓小平不搞改革开放,来双扬就会让她这辈子都别想抬头做人。近二十年来,范沪芳是不允许来崇德主动与来双扬联络的。每年大年三十的团年饭,来崇德也是必须与范沪芳及其子女一起吃的。倒是来双扬也不太糊涂,人家结婚之后,名正言顺,来双扬也就没有再打上门来了。她起先是忙着卖油炸臭干子，后来是忙着卖鸭颈，团年饭这么原则性的问题，她也顾不过来，指派来双元找范沪芳谈了两次。来双元哪里是范沪芳的对手呢？过招三句话，范沪芳就看出了双元的小气、自私和糨糊脑袋，比起来双扬，来双元差远了。来双元惨败而归，一定要来双扬替他复仇。来双扬轻轻说："算了。"来崇德与范沪芳的婚姻关系稳定了这么多年，来双扬知道他们兄妹说什么都没有道理了，难道来崇德的团年饭不应该与自己的妻子一起吃吗？日常生活的伦理道德，来双扬心里明镜似的，她不说废话。只有来崇德生病了，来双扬才过来看望一下。来双扬来了也只是与范沪芳点点头，问一问来崇德的病况，眼睛飘悠在别处。范沪芳的眼睛，自然也故意在别处飘悠。她们用对对方的轻视来轻视对方。因此两人的关系，似乎淡得不能再淡了。

　　随着改革开放的深入发展，也随着范沪芳的年近古稀，到了现在，范沪芳更多的是藐视和可怜来双扬了。来双扬现在不也离婚了？不也独守空房了？

来崇德的女儿,从遗传的角度来猜测,她的性欲大约也是很旺盛的。没有了男人,也知道梨子的滋味了吧?范沪芳看着来双扬日益丰满,又看着来双扬日益地妖娆,又看着来双扬成熟得快要绽开——绽开之后便是凋谢——这是女人在自己体内听得见的声音——类似于豆荚爆米的残酷的声音,范沪芳真是希望亲耳听一听来双扬这个时候的心声与感想,作为一个女人的心声与感想。来双扬,原来你也有这么一天的啊!

正在这个时候,来双扬来了。

来双扬出现在范沪芳的眼前,主动地叫了她一声"范阿姨"。

范沪芳意外地怔在那里了,她正在给她的一盆米兰浇水,浇水壶顿时偏离了方向。来双扬来得太早。她父亲在江边打太极拳还没有回家。来双扬当然知道她自己的父亲现在还没有回家。她来这么大早,一定是来见范沪芳的。

范沪芳太激动了。

聪明人之间不用虚与委蛇。来双扬也从范沪芳失控的浇花动作里，明白了范沪芳对她多年的仇恨与期待。来双扬今天是有备而来的，她就是来化解仇恨、迎合他人的期待的。自然，来双扬就应该首先开口说话了。

来双扬的眼睛不再在虚空飘悠，她正常地看着范沪芳，坦坦率率地说："范阿姨，今天我是特意看您来了。"

范沪芳还端了一点架子，说："谢谢。我有什么可看的，一把老骨头。"

范沪芳的态度，早在来双扬的预料之中。来双扬今天能够宽容一切，无论范沪芳如何，她都会配合。如果范沪芳打了她的左脸，来双扬就会把右脸送上去。只要达到目的，来双扬可以卧薪尝胆。

来双扬低声下气地笑了笑，说："怎么能够不来看看您呢？我们做晚辈的，年轻时候不懂事，得罪了您，后悔药去哪里买？现在人到中年了，有过婚姻也有过孩子了，心里什么都明白了，难道还能够不懂事？范阿姨，这么多年来，您把我爸爸照顾得这么好，这不光是我爸爸有福气，其实也是我们子女的福气了。这不，快过端午节了。我做餐饮生意，过节更忙，到了那天也没有时间来看望你们，今天有一点空当，就来了。可能我来得冒昧了一点。"

范沪芳艺人出身，小时候跟着班子从上海来汉口唱越剧，唱着唱着就在汉口嫁人生根了。越剧在汉口，不可没有，也不能成气候；范沪芳不唱不成，大红大紫也不可能。舞台与人生，人生与舞台，范沪芳是一路坎坷，饱经沧桑的了。可是作为艺人，范沪芳的局限也是很明显的，只是她自己不觉得罢了。艺人最大的局限就是永远把舞台与人生混为一谈，习惯用舞台感情处理现实生活。这样，她们的饱经沧桑便是一种天真的饱经沧桑，她们逢场作戏的世故也是一种天真的世故，恩恩怨怨，喜怒哀乐，全都表现在脸上，关键时刻，感情不往心里沉淀，直接从眉眼就出来了。听来双扬面对面地把这番满含歉意的话一说，范沪芳就感动得一塌糊涂了。这是多少年的较量,多少年的等待啊!哪里能够料到这么一刻就突然地来临了。

范沪芳有板有眼地颤动着她的下巴,眼睛里热泪盈眶。她双手的哆嗦就是舞台上老旦式的典型哆嗦。范沪芳用她那依然好听的嗓音感人肺腑地叫了一声:"扬扬啊——"

来双扬懂得光说空话是没有力量的,她还给范沪芳带来了一大堆礼物,它们是:一条18K金的吊坠项链,芝麻糕绿豆糕各两盒,红心盐鸭蛋一盒,五芳斋的粽子一提,还有一只饭盒里装的是透味鸭颈,是来双扬自己的货色,送给父亲喝啤酒的。

来双扬巧嘴巧舌地说:"范阿姨,鸭颈不是什么山珍海味,但是是活肉,净瘦,性凉,对老人最合适了。再说,要过节了,图个口彩吧,我们吉庆街,有一句话,说是鸭颈下酒,越喝越有。范阿姨,您和我爸爸,吃了鸭颈,添福又添寿了。"

范沪芳的眼泪,终于含不住,骨碌骨碌就滚下来了。

"谢谢你谢谢你谢谢你!"范沪芳擦着眼泪说,握住了来双扬的手,一下一下地抚摸着她的手背。

女儿与后母,一笑泯恩仇。两人坐在一起,吃了丰盛的早餐。范沪芳楼上楼下地跑了两趟,买来了银丝凉面、锅贴和油条,自己又动手做了蛋花米酒,煮了牛奶,还上了小菜,小菜是一碟宝塔菜,一碟花生米,一碟小银鱼,一碟生拌西红柿,这是现在时兴的养生菜。范沪芳历来是讲究生活的,她十六岁也号称过"小玫瑰",也有过恩客,吃过天下的好东西。

来崇德回来,简直不敢相信自己的眼睛。范沪芳笑眯眯地看着他,不由他不相信。来双扬前嫌尽弃,赶着叫"爸"。来崇德终于转过弯来,顿时发出爽亮的大笑,一下子就年轻了许多岁。

在来崇德送女儿回去的路上,来双扬与她爸手挽手地漫步街头。父女俩商量了来家老房子的事情。来家的六间老房子,解放之后,政府不认它们是私有财产了,这就收去了两间。这两间房子,不谈了,就算爷爷的钱，被土匪抢过一回了。一九五六年，政府搞公私合营，又有两间房子，被房管所登记，搞经济出租，租金是政府得大头，来家得小头。来崇德不愿意出租，愿意自家居住宽敞一点，可是他胳膊拗不过大腿，人家政府不同意。这两间房子，也不提了，就算给国家做贡献了。七十年代初，政府提倡城市人口下放农村，口号是：我们都有两只手，不在城里吃闲饭。家庭成分不太好的来家，被动员下放农村了。来家的两间房，一间借给了邻居——老单身刘老师居住；一间是爷爷住着，爷爷瘫痪在床，死也不肯离开他的房子。几年以后，来家返城。刘老师已经故世，居住人是刘老师的侄子。在重新登记，换发房产证的时候，刘家侄子把来家的房产登记到了他自己的名下。这一间房子，就不能让人颠倒是非，混淆黑白了。这一间房子无论如何得讨要回来！谁去讨要？按继承人的顺序，应该是来崇德。可是来崇德哪里还有这个心劲和精力？而来家唯一保留下来的一间房，继承人也是来崇德。

不过，谁都知道，返城以后，来崇德在吉庆街居住的时间不长，更长时间的居住者是来双扬。来双扬在这里，开始卖油炸臭干子，将她的妹妹弟弟抚养成人，她一直居住到如今。

现在的问题是，来双扬需要父亲的协助，将这间老房子的房产证更换成她的名字，将必须讨要的房子也明确给她继承，否则，她怎么安心地居住和进行房产的讨要呢？来双扬这辈子恐怕就不会离开吉庆街了。她的责任没有尽头，她将继续养活弟弟来双久，包括为他提供吸毒的毒资——只要他没有完全戒毒，她就不能一下子彻底掐断他的毒瘾，那样会要他的命的。来双扬已经部分负担并且还将更多地负担来金多尔的教育经费，因为来双元夫妇无力也无心培养来金多尔，可是来金多尔是一个多么好的孩子啊！他很有可能是来家唯一的香火啊！房子的产权问题，大家都很敏感。来双元已经多次提出他的继承权利，来双瑗也曾多次暗示过她的继承权利。可是一间房子不是一块饼干，掰成四瓣是不可能的；另一间房子现在还是别人口袋里的饼干，更没有掰成四瓣的可能性。现在来双元和来双瑗都有各自的住房，无须再要祖产，而久久，肯定是归来双扬养一辈子的，所以来双扬希望父亲在有生之年，把老房子的继承人决定了下来，免得来家的几个子女，将来闹得不可开交，伤害亲情，反目为仇，那是何苦呢？

来双扬手挽父亲漫步的街道是她事先设想好了的南京路，这里两边都是鲜花店，令人赏心悦目。环境也许不起决定性的作用，但是环境对于决定的作出是非常重要的。假如来崇德老人心烦了，来双扬这次就白跑了。来双扬不能白跑，来双扬已经付出了昨晚的痛哭和今天这幕历史性的道歉与求和，她容易吗？

来双扬与父亲坐在了中山大道少儿图书馆门前的花园里。他们的眼前是一条洗新还旧的西洋建筑老街，看着就舒服。来崇德听着女儿款款道来，觉得她说的条条都在道理。来双扬有时候轻轻还捶一捶父亲的背，有时候把下巴颏在父亲肩头上靠一靠，来崇德心里就非常滋润了。一个古稀老人，还图什么？来崇德这一辈子，是不会再回到吉庆街去了。女儿来双扬这么多年来，也是备尝艰辛的了。尤其难得的是，来双扬懂事了，向范沪芳道歉了，也等于是向来崇德道歉了。来崇德也就满足了。剩下的，是来崇德对来双扬的歉意了。来崇德的四个孩子，也只有来双扬一个人有责任心和有能力讨要借给刘老师的那间房子，也只有她一个人在为来家的全家人操心和操劳。作为父亲，来崇德对大女儿来双扬的歉意最深。来双扬一直居住的这间房子，也是应该归她的了。本来来崇德早就想弥补来双扬一下，无奈范沪芳一直不允。现在范沪芳对来双扬亲得像自己的女儿了，来崇德也就没有任何心理障碍了。加上来双扬也坦率地提出了房产的问题，来崇德正好顺水推舟，了却自己的心愿。来崇德是个老实人，不想身后留下房产的继承麻烦。其实房产有什么用呢？来崇德一点犹豫都没有，笑呵呵地点了头。

来崇德太了解范沪芳了,这女人心底非常善良。一张巧嘴的来双扬哄好她,那是绰绰有余。来崇德生命中两个最重要的女人和好了,这比什么都好。人活着,不就是图个开心吗?吉庆街的老房子,就是来双扬的了。

来双扬回来对九妹说:"唉,这个世界上,没有什么女人比得上我妈。"

来双扬之所以对九妹发出这样的感叹,是因为来双扬一回来,九妹便兴高采烈地告诉她:"老板,你哥哥走了。"

来双扬说:"那好啊。"

九妹说:"老板你太有板眼了!"

来双扬说:"我有什么板眼啊!"

九妹走过来,仰望着来双扬说:"老板,谢谢你!老板,你是我在这个世界上最佩服的女人,你是最了不起的女人!"

九妹是被饥饿从农村驱赶到城市里来的少女,现在她很像城市少女了,染了栗色的短发,脖颈上戴黑色骷髅项链，但是她的偶像是来双扬，而绝对不是还珠格格，不是王菲，更不是张惠妹。九妹的奋斗目标是将来有一间自己的酒店；自己可以在吉庆街最重要的位置安详地坐着，只卖鸭颈；许多男人都被她深深吸引，而她只爱她的丈夫来双久。

　　来双扬被九妹的赞颂引发了感慨，她想起了她的母亲。来双扬的意思是：范沪芳怎么能够与她的母亲相比呢？她当然还是不喜欢范沪芳的。但是她再也无处诉说了。她也只有与九妹发发感慨了，九妹还整个一个听不懂。唉，母亲再好，她死了；范沪芳再不好，她活着。看来一个人首先还是得活着。谁笑到最后，谁笑得最好——俗话说得真是没错！

6

吉庆街的夜晚,夜夜沸腾。卖唱的麻雀,因为在电视剧《来来往往》中有激情表演,也成了吉庆街的名人。只听见吃客们一片声地点名叫道:"麻雀呢?麻雀呢?"大家都想听麻雀唱歌,还想听麻雀说说拍电视剧的感想,还想知道拍电视能够赚多少钱。著名影星濮存昕,舆论戏称他是大陆"师奶杀手",这话还真不假,吃客中有一些中青年妇女,也点名道姓要麻雀,说:"麻雀,把你在《来来往往》中唱给濮存昕他们听的歌,给我们唱三遍。"

麻雀是一个一刻不停的闹人的汉子。一把二胡,自拉自唱。他的歌肯定不是专业的,他就是会闹人。他煽情,装疯,摇头晃脑,针对吃客的身份,即席修改歌词,好像天下所有的流行歌曲,都是为吃客特意写的。被百般奉承的吃客,听了麻雀的歌,个个都会忍俊不禁。

在这沸腾的夜里,来双扬不沸腾。她司空见惯,处乱不惊,目光从来不跟着喧嚣跳跃。她还是那么有模有样地坐着,守着她的小摊,卖鸭颈;脸上的神态,似微笑,又似索寞;似安静,又似骚动;香烟还是慢慢吸着,闪亮的手指,缓缓地舞出性感的动作。

这一夜,卓雄洲与他从前的几个战友聚会。他们彼此之间,是可以无话不谈的。卓雄洲当然还是"久久"的吃客。两年来,卓雄洲从来不坐别家的桌子,只坐"久久"的桌子;结账也是经常不要找零的。卓雄洲对九妹说的最多的一句话就是:"不用找了。"九妹最爱这句话。任何时候,九妹只要看见了卓雄洲,一定亲自出面接待。

卓雄洲与他的一群战友刚刚走进吉庆街,九妹就迎上来了。九妹一脸献媚与甜蜜的笑容,说:"卓总啊,今天有刚从乡下送来的刺猬,马齿苋也上市了,还有一种新牌子的啤酒,很好喝的。"

卓雄洲说:"好啊好啊,九妹推荐什么我们一定吃什么,九妹没有错的。"

卓雄洲的战友们就开他的玩笑,说:"红尘知己啊,这么肉麻啊,给我们介绍介绍吧。"

卓雄洲便笑着说:"是知己呀,是肉麻呀。过来!九妹,认识一下你的大哥哥们,以后他们就是你的回头客了。"

九妹大大方方地跑过来,一一地叫道某哥某哥,以后请多关照;倒是卓雄洲的战友们,一个个不好意思,也不答应,光是笑嘻嘻说好好好。

卓雄洲一行刚刚坐下,九妹带着扎花边围裙的姑娘们翩翩而至,把啤酒和赠送的小碟就送上来了。

小碟无非是油炸花生米，凉拌毛豆和油浸红辣椒，鲜红与翠绿的颜色，煞是好看，其实是勾引吃客腹中馋虫的。大家眼睛一看，口腔里的味腺就有液体分泌出来，由不得人的。

九妹说："卓总，鸭颈总是要的了？"

九妹的意思，是今天的人多，鸭颈的份数一定就不少，光是卓雄洲一个人去端，怕要跑几趟，九妹想去帮忙，不知道卓雄洲愿意不愿意。卓雄洲放眼去望来双扬，点了点头，但是对九妹，还是做了一个不要帮忙的手势。卓雄洲还是愿意自己去来双扬的小摊子上，一碟一碟地端过鸭颈来。去来双扬那里多少趟，卓雄洲也不嫌多。九妹心领神会，咬着嘴唇暗笑，给厨师下菜单去了。

卓雄洲穿过一张张餐桌，来到来双扬面前。

来双扬温和地说："来了。"

卓雄洲说："来了。"

卓雄洲对来双扬，与对九妹完全不同，态度显得拘谨，语言也短促。来双扬帮卓雄洲掀起纱罩，卓雄洲端了两盘鸭颈。卓雄洲说:"几个战友聚会,不知要吃多少鸭颈,待会儿一起结账。"

来双扬说:"你与我,客气什么,只管吃。"

来双扬故意说了一个"你与我",把谢意与亲昵埋在三个字里头。她不能太摆架子了,她毕竟只是一个卖鸭颈的女人,而卓雄洲,人家是一家大公司的老总。来双扬不是那种给脸不要脸的夹生女人,她不想得罪和失去卓雄洲这样的吃客。卓雄洲来吉庆街吃饭两年了,来双扬对于他,也就是三言两语。卓雄洲的焦躁和绝望就像大海上的风帆,在来双扬眼里,已经时隐时现了。凡事都有一个度,来双扬凭她的本能,把握着这个度。今夜,是该给卓雄洲一点柔情了。

卓雄洲什么人?一听到"我与你"三个字的停顿与重量,心里什么都领会到了,那种喜悦和欢欣真是没有办法说出来。

卓雄洲回到餐桌旁,脸庞放着光彩。这酒还没有开始喝呢,怎么就放光彩了?

卓雄洲的战友们，把目光放远了，引颈去瞅卖鸭颈的来双扬。卓雄洲仓皇地指着餐桌上的鸭颈说："这鸭颈好吃，好吃啊。鸭颈下酒，越喝越有啊。"

卓雄洲的战友都瞧着卓雄洲的样子，感觉他有一点做贼心虚，卓雄洲越发惊慌失措，指点着鸭颈说："哎哎，你们看看吧，这鸭颈，烧得多好，光是看着就有性欲——哦不——有食欲，有食欲！"

卓雄洲的口误实在是发自肺腑的实话，当过兵的一群男人还有什么不明白的呢？大家喷发出响彻云霄的大笑，卓雄洲也只得笑了，笑得狼不狼狈不狈的。

来双扬听到了卓雄洲他们的笑声，故意不往那边看。来双扬就知道他们为什么笑。一定是卓雄洲露馅了，情不自禁了。一个男人为你情不自禁，这是甜蜜的；可他又是一个已婚男人，这又是酸涩的了。来双扬突兀地想起了他的老婆孩子，却又觉得自己这种联想非常庸俗。还是把目光投向那虚无缥缈处吧，还是忍受生活给你的一切滋味吧。谁能够把生活怎么样？

来双扬自然还是声色不动地卖她的鸭颈。

来双扬是一个单纯卖鸭颈的女人。

来双扬却不是一个卖鸭颈的单纯女人。

来双扬现在不急卓雄洲的事情。来双扬是过来人了，懂得情与爱更与缘分有关，时间不能说明问题的。两人缘分到了，水到渠成；两人缘分不到，该等十年等十年，该等八年等八年。来双扬的当务之急是房产问题。房产问题很现实，你不争取，幸福不会从天降。现在的人有一点权力，都黑着呢，谁会把房产白白送还给你，看来，如果舍不得孩子就打不着狼了。

关键的谁来充当孩子呢？

吉庆街的来双扬，夜夜考虑的就是这么一个问题。来双扬想来想去，逐渐明白，九妹就是孩子了。

九妹今年已经满二十三周岁了。九妹的母亲每一次来看望女儿，都要央求来双扬替九妹操心一下她的婚姻大事。不管现在的九妹表面有多么城市化，不管时代变化得如何现代，男大当婚女大当嫁总归是绝大多数人的生活规则。九妹本质上还是一个乡下丫头，她这一辈子，本质是不会改变的了。在乡下生活了二十年，只读了三年的书，小农的本性已经入骨了。只要吃客舍得花钱，你看九妹的笑容吧，讨好到了什么地步？恨不得把笑容从自己脸上摘下来送给别人。对于卓雄洲，九妹几乎是在飞媚眼了，处处都掩饰不住地说卓雄洲如何如何好，如何如何帅，有意无意地怂恿着来双扬与卓雄洲相好。九妹这丫头啊！没有办法的。从前太穷了，穷破胆了！

在男婚女嫁的问题上，来双元说得对。久久不会娶九妹的。久久这个家伙，是在挑逗和玩弄九妹。久久生得太俊俏了，俊俏的男子不风流好像对不起自己似的。久久这个不成器的鬼东西啊！把九妹弄得神魂颠倒，弄得痴心妄想。久久不吸毒，不会娶九妹，何况现在久久的毒瘾深到了这种地步，还能够娶谁呀！

来双扬再也不能袖手旁观了。九妹年纪到了，迟早要嫁人了。对于九妹,爱情是最不重要的,因为她的爱情不在她现在的人生状态里。九妹的母亲,对于女儿幸福生活的憧憬便是:有钱,有城市户口,有饱暖的日子,有健康的后代。九妹的母亲对来双扬说:"如果你能够帮九妹过上这种日子,老板,你就是我们全家的大救星!"九妹的母亲用她一生的经验获得了质朴的生活观,她是对的。然后,九妹的后代,便可以从九妹的肩头站起来,开始更高质量的人生追求,便可以讲究爱情什么的了。这就是为什么来双瑗可以做单身贵族,待价而沽,而九妹却不可以这么做的道理。假如九妹不趁年轻饱满的时候嫁出去,熬到二十八九就尴尬了,就只好回乡下种地去了,就还是回到她母亲的人生老路上去了,不到四十岁就成了一个干瘦的老太婆,晚上睡觉浑身骨头疼。

现在,来双扬想通了。接下来,她要做的事情,就是让九妹去做房管所张所长的儿媳妇。张所长的儿子患有间歇性精神病,人生得却是很漂亮的。张所长最大的心病就是想为儿子娶一个媳妇。儿媳妇是原子弹,足够轰开张所长的权力大门。

来家的房产问题,纠缠了不是一天两天了。张所长和来双扬的心里,都如明镜一般。虽说来双扬有道理,但是,张所长肯定是不会积极办理的。工作一大堆,张所长凭什么要为来双扬积极办理?张所长吃来双扬的鸭颈,几年加起来,至少一箩筐,可是光给吃吃鸭颈,张所长就会为你办事吗?他就那么没有原则那么廉价吗?来双扬这个女人的算盘打得太精了,送礼,每一次都扳着指头算,看看是否物有所值。来双扬的礼物永远都不会有多么贵重,大约一是她本来就不太富有,赚的都是血汗钱,实在舍不得出血;二是她认为房子本来就是他们来家的,按国家政策,张所长应该办理落实。来双扬一定觉得又不是找张所长发什么意外之财,凭什么要付出过高的代价?她只要让张所长感到来双扬在尊重他哀求他就够了。来双扬以为张所长既然天天上班,总得要做一些事情的,总得要表现自己的工作实绩的，不定什么时候，他就把来家的事情拎出来给办了。张所长看透了来双扬的侥幸心理。张所长才不会让怀着侥幸心理的人得逞呢！可是来双扬想，事物不是一成不变的，咱们走着瞧，说不定山不转水转呢？张所长想要超过他个人价值的礼物，来双扬的确舍不得，来双扬的钱财又不是靠腐败得来的。吉庆街的来双扬和张所长，两个人就这么一直躲着猫猫。

张所长是个人精，心里什么都明白，知道自己官职小，权力有限，人们不会多么巴结他，张所长还没有退休，心里也早就充满了世态炎凉的感伤。所以，他干脆一贯高举廉政的大旗，不赌不嫖不贪。除了一般的吃请和逢年过节收受一些礼节性礼物之外，张所长也绝对不公开索要什么贵重礼物。张所长认为礼节性的请吃和礼节性的礼物无非说明干群关系良好，并不意味其他，因此，张所长吃了也是不会给你办事的，只是见了面笑容可掬而已。

于是，来双扬的房产问题，张所长就有充足的理由不予办理。旧社会遗留下来的房产，本来就是一个疑难问题，本来就有许多政策不明朗，张所长有大堆大堆的文件来搪塞来双扬。来双扬，你就遥遥无期地等待吧。你就等着山不转水转吧。

来双扬不能够再等待了。她想出办法来了。现在来双扬决定，把九妹嫁到张家去。她来双扬替张所长解决了这么一个最重大的问题，张所长必然要给她办理房产的问题了。张所长会主动地给来双扬办理的，什么礼物都不用送了。对于九妹，何尝不是一件好事呢？舍不得孩子打不着狼只是一个比喻，张所长的儿子不是狼，比狼还是好对付多了。何况九妹摇身一变，就成为真正的城里人了，一辈子再也不用为衣食住行发愁了，张所长家里的物质条件那是不用说的，并且张所长的儿子还是一个大学毕业生，长得体体面面的，不发病的时候，九妹还配不上人家呢。九妹嫁到张家，等于掉进了蜜罐里。假如按照九妹对于久久的痴心妄想，幸福生活的前景其实是相当渺茫的。一般好条件的城市青年，谁会娶九妹呢？九妹已经二十三岁了，女人老起来多快呀，不就一眨眼的工夫？九妹发誓说为久久终身等候，那是流行歌曲听多了，那是被久久的面孔迷惑了。

现在，来双扬首先要做的就是，毁灭九妹对久久的期望和梦想。

来双扬的构思一旦成熟，她立刻开始了行动。

有一天，来双扬很日常地对九妹说："九妹，你一直吵着要去戒毒所看望久久，我从来没有让你去过，这次探望，我带你去吧。"

九妹听了，乐得一蹦三尺高，赶紧过去给来双扬捶背，口里胡乱奉承道："好老板！好姐姐！"

来双扬说："行了。去戒毒所又不是什么好事。你去买一挂香蕉来。"

九妹说："一定要那种大大的洋香蕉吗？"

来双扬说："一定要。跑遍汉口也要买到。"

九妹说："真是亏了你，老板。你对弟弟这么好。不过我就是不明白，为什么久久一进戒毒所，就一定要吃这种洋香蕉？平时他是最不喜欢吃香蕉的。"

来双扬说："不要问了。只管去买吧。待会儿你就知道了。"

来双扬一定要洋香蕉做什么？当然不是来双久爱吃。谁也不会一进戒毒所，突然就喜欢吃他平时最讨厌的水果。这一次，来双扬要把一切丑恶内幕都展示给九妹看看。

一挂硕大的洋香蕉买回来了。来双扬带九妹进了自己的房间，关紧了房间的几道门，窗户的窗帘也都闭得密不透风。来双扬虎着脸警告九妹："你给我看着！不许动也不许尖叫！"

台灯打开了。来双扬在台灯底下，用细小而锋利的手术刀，细心地把香蕉蒂部，呈凸凹状地切割开来。然后，把一种喝饮料的细塑料吸管，从保险柜取出一小捆来。这些吸管里面已经被灌好了白粉，两头也已经用火烫过，封死了。来双扬把这些吸管，一根一根地戳进了香蕉里面，然后再将香蕉的蒂部对接上去。来双扬把这犯法的活儿，做得绣花一般精细。九妹这里，早就捂着自己的嘴巴，大惊失色了。

香蕉还原了，和原先的一模一样。装在一只水果篮里，不用拎起来检查，就可以分分明明地看出这是一大挂新鲜的结实的洋香蕉，不难蒙骗所有的人包括戒毒所的检查人员。

来双扬让九妹提上水果篮，她们这就去戒毒所。

九妹不敢去提水果篮子。她抽泣着说："我不去！你这是在害他！说是在戒毒，还不如说是让他躲在戒毒所吸毒！这还是犯法的事情！"

来双扬厉声道："慌什么？遇上一点点事情就慌了？在生活中，这算什么可怕的事情？比这可怕的多得是！久久是不能一下子戒断毒瘾的，你懂不懂？对戒毒药产生了依赖也是吸毒，你懂不懂？你放心好了，出了事情，责任全是我的。有什么要指责我的，看完了久久回来再说吧。还说爱他呢，这算爱么？真是崩溃！"

九妹便擦干了眼泪，提上水果篮，跟在来双扬身后，坐上出租车，来到了戒毒所。走进戒毒所的时候，九妹还是激动起来。她掏出化妆镜，看了看自己的脸。来双扬冷冷地说："不用照镜子。他根本就不会看你！"

来双久果然根本不看九妹。他形容枯槁，目光发直，与所有的戒毒者一样，穿着没有颜色没有样式的衣服，活像劳改犯，昔日的风采荡然无存。九妹叫了他的名字，他也没有理睬她。来双久的全部注意力，高度集中在那来双扬身上，寻找那大挂的香蕉。

来双扬说："久久，九妹看你来了。"

来双久却焦急地说："香蕉呢？给我送的香蕉呢？"

九妹嗷的一声哭了起来。

当来双久踏踏实实看见一大挂香蕉之后，他朝来双扬露出了甜蜜的微笑，这才冲九妹打了一个招呼，极其敷衍地说："九妹，你越来越漂亮了。"

九妹把脸一扭。来双久根本就不在乎谁对他扭脸。他只是热切地对来双扬说:"大姐,你要是再不来看我,我就要死掉了。快把香蕉给我!"

来双久把手腕抬起来给来双扬看,手腕包扎着新鲜的绷带。来双久说:"昨天夜晚,我割腕了。我实在受不了了。"

来双扬就那么看着弟弟,神情冷峻,石雕一般。来双久抓起来双扬的手疯狂地亲了起来。来双扬任由弟弟亲着她的手,说:"久久,你就不能不吃香蕉了吗?姐姐我实在买不起了!"

来双久说:"对不起!对不起!大姐,我实在对不起你!我不是一个人!我是猪是狗!我真是悔不当初啊!可是……可是……大姐,你就当我是猪是狗吧,我从生下来就爹妈不管,是你把我养大的,就你心疼我,你就把我当个畜生养吧。大姐,我来生一定报答你!"

来双久鼻涕眼泪都下来了,声音跟动物的哀叫差不多。来双久从小就嘴巴甜,讨人喜欢,现在还是。不过现在只对来双扬一个人嘴巴甜了,现在久久对其他人都很冷漠。来双久对来双扬的讨好卖乖令来双扬忍不住伸出手去,摸了摸他的头,来双久立刻破涕为笑,说:"大姐你赶快回去睡觉,你晚上还要卖鸭颈呢。大姐你不要太累了,要保重自己,争取能够跟卓雄洲结婚。卓雄洲有的是钱,你别傻啊!等我一回去,我首先就要找卓雄洲谈谈。现在我要把香蕉拿进去放好了。你们走吧,走吧。"

来双久急得抓耳挠腮,说话飞快。他仅有的理智,只是存在于香蕉和来双扬身上。

来双扬说:"久久啊,我是有一点傻。我和卓雄洲的事情,恐怕要靠你来谈了。你一定争取早一点回来啊!"

来双久说:"没有问题。姐姐,你的事情就是我的事情。"

来双久提了香蕉,急急忙忙地走了。他完全忘记了来双扬身边的九妹,回到他那到处是铁栅栏的宿舍里去了。那是什么宿舍,完全是关动物的铁笼子。九妹看着那铁笼子，狠命跺了一下脚，捂住脸呜呜哭起来。

回到吉庆街。来双扬还是把九妹带进了她的房间。现在，来双扬对九妹很柔情了，说："哭吧。痛哭一场吧。我妈生下他就去世了。他是我这个大姐一把屎一把尿养大的，我丢不下他。他是我的孽障，我逃不出自己的命了。你呢，从今天开始，死了这条心，走自己的路吧。"

说话的时候是吉庆街的白天。平静的白天。大街通畅，有汽车正常地开过。看起来生活进行得是那么正常。

九妹果然忍不住大放悲声。等九妹哭累了，来双扬安详而冷酷地说："九妹呀，我告诉你一句实话，如果久久是一个正常人，同样也不会和你有什么结果的，你总归是一个乡下妹子，这是事实。"

7

一个下午,来双扬走进了房管所。

这是房管所快要下班的时刻,或者说实质上已经下班了。政府机构的末梢,还是社会主义大锅饭作风,总是紧张不起来。

来双扬是来请张所长吃饭的。但是办公室还有两三个人,来双扬没有直接地说请张所长吃饭,也没有鬼鬼祟祟地说请张所长吃饭。来双扬不能让张所长难堪。来双扬把她随身的包往房管所的办公桌上一甩，一屁股坐在办公椅上，蹬掉自己的高跟皮鞋，做出累极的样子说："哎呀把我累死了。"

张所长在看报纸。他还是坚持看报，没有改变姿态。张所长知道来双扬经常跑他们房管所的目的是什么。来家四个子女，就她跑得勤，就她理由充足，她想独吞房产，这个女人不简单。

房管员哨子说："逛商店去了？买什么好东西了？"

来双扬说："现在有什么好东西，什么东西都打折，给人感觉东西都贱。"

哨子说："打折还不好？我就是喜欢打折。现在不打折的东西我都不买，就等着它打折。"

来双扬不能再让哨子胡扯了。哨子是一个喜欢胡扯的中年妇女，说话嗓音尖利如哨，家常谈起来，尽是鸡毛蒜皮，没完没了。来双扬巧妙地把话题绕到了自己的思路上，来双扬说："哨子你是对的。哨子你做的事情没有不对的，以后我要向你学习。现在，我的包里有一点零食，拿出来大家分享。接下来我要托你们的福,在这里休息一下。咱们邀请张所长来一场'斗地主'怎么样?闲着也是闲着,无聊啊。"

"斗地主"是一种扑克牌的玩法,目前正风靡武汉三镇。张所长对于"斗地主"的酷爱,来双扬是早就知道的。当哨子从来双扬的包里拿出了一堆袋装的牛肉干、薯片和南瓜子以后,张所长放下了报纸。张所长也是一个聪明人。张所长看报纸的时间够长了,架子端足了,是给来双扬一个台阶的时候了。张所长没有必要得罪来双扬,来双扬在吉庆街那还是相当有本事的。张所长在吉庆街吃饭,也够受照顾的了。张所长也快退休了,他不想退休以后走在街上,邻居街坊都不理睬。再说,张所长实在是喜欢"斗地主",也实在是喜欢有来双扬参与的"斗地主",这个女人出手大方,有牌德,并且还比较漂亮。

张所长放下报纸,说话了。他说:"还是扬扬有钱啊,又给我们派救济来了。"

来双扬说:"哨子你看你们张所长,崩溃吧?带一点零嘴来吃吃玩玩,也要被他奚落一番。"

哨子不是聪明人,丝毫感觉不出来双扬与张所长的暗中较量,跑过去打了张所长一巴掌,教训人说:"不要欺负扬扬好不好?像扬扬这么关心我们的住户有几个?"

张所长不与哨子这种不聪明的人斗心眼,连忙平易近人地说:"好好好,我官僚,我检讨。"

来双扬说:"张所长真是一个平易近人的好干部。"

"斗地主"就这么开始了。牌这么一打,关系也就贴近了。大家互相嘲笑,指责和埋怨,说话也就没有分寸了,动不动,手指就戳到别人的额头上去了。张所长的手指也戳了来双扬几下,来双扬也回敬了几下。来双扬手指上是镶了钻石的,张所长就说自己挨了"豪华"的一戳,大家便敞开嘴巴笑。坐到一起打牌,气氛来了,机会也就来了。趁哨子去上厕所,来双扬对张所长说:"对不起,今天我赢你太多了，不好意思啊。"

其实来双扬并没有赢太多，她就是来输钱的。她的策略是先赢一点点，后输多一些，这样输得就像真的。

张所长说："光说不好意思就行了？"

来双扬说："我请你吃晚饭好不好？你这么廉政，敢不敢和我出去吃饭？"

牌场与酒场一样，是斗智斗勇斗气的地方，输家是不能对赢家服软的。张所长说："有什么不敢？廉政就不吃饭了？江书记还宴请克林顿呢。不就是吃个饭吗？"

来双扬说："那好。那就说定了。"

来双扬的第一步成功了。其实来双扬今天没有逛什么商店。高跟皮鞋也没有把脚磨疼。如果来双扬不来这么一场精心的铺垫，只怕张所长不肯受她一请。不是张所长不爱吃饭。张所长爱吃饭。房管所在"久久"的挂账，也有几十笔了。张所长是太聪明了，他知道来双扬的目的。他不愿意得罪一大堆人，成全来双扬一个人。再说刘老师的侄子，对他也不薄，他不能随便就把他赶出房子，让人家住到大街上去？来双扬不是已经有房子住吗？一个单身女人，迟早要在吉庆街傍一个大款的女人，要那么多房子做什么？张所长在房产部门工作了一辈子，积累了非常丰富的经验：首先，我们的干部，做工作不是要立竿见影地解决什么问题，而是要搞平衡，和稀泥，维护安定团结的大好局面。其次，不给当事人弄得难度大一些，以后谁都爱生事；再说，难度大了，跑断当事人的腿了，到时候当事人只会更加感激你。

张所长的这一套工作方式，来双扬太了解了。来双元都不太了解。来双元当兵那么多年，复员回来还在省直机关车队，但他依然思想简单，说话牛气，他曾经质问张所长："你办事拖拉，阳奉阴违，专门为难老百姓，这是我们共产党作风吗？"

张所长一句话就把来双元顶了回去。他说："那你以为我们房管所是国民党的房管所？"

吉庆街长大的来双扬，绝对不会像来双元这么行事和说话。她不会找张所长据理力争的，不会用大话压人，不会查找各种政策作为依据。她常来坐坐，只谈家常，展示展示跑断腿的苦模样，同时小恩小惠不断。见机行事地逮住张所长。一旦逮住，她就用尽天下的软话哀求。今天来双扬又逮住了张所长。今天来双扬不上哀求的套路了，今天来双扬要使用杀手锏。

张所长以为来双扬请的晚饭，不过是在吉庆街罢了。可是没有料到，来双扬让出租车司机把车开到了香格里拉饭店。在五星级饭店进餐，张所长还是很喜欢的。但是来双扬这么隆重，张所长就有一点心慌了，是不是来双扬又有什么新的过分的要求呢？

一进饭店大堂，张所长就说要上一个洗手间。在洗手间里，张所长洗了一把脸，面对洗手间华丽的大镜子，张所长自己给自己打气了一番：不就是香格里拉吗？不就是饭店门口有五颗星吗？来双扬难道不应该请？多年来，他们房管所为来双扬们维修这些上百年老房子，投入了多少经费，花费了多少心血？来双扬是应该请的。香格里拉这种饭店，如果不是住户请客，像张所长这种房管所的干部，进来的机会极少，张所长又不是傻子，他当然没有必要放弃这个机会。来双扬能够有什么新的要求呢？不就是两间房子的产权问题吗？工作上的事情，张所长知道怎么办。来双扬想要拥有两间老房子的产权，多麻烦的事情啊！别说请张所长吃香格里拉，就是吃北京钓鱼台国宾馆，也不过分。现在的人们都要求别人替他着想，为他服务，他能够反过来考虑一下别人的利益吗？来双扬这个女人还算不错，还是比较懂事的。她已经说了，她今天请客是因为她赢得太多了，牌场上的请客，好玩而已。去吃吧！

　　张所长自己做通了自己的思想工作，回头坐在铺着雪白桌布的餐桌旁边，神情就很自然了。来双扬请张所长点菜，张所长不肯点，推说对菜式没有研究，不会点。张所长怎么能够点菜呢？毕竟他是所长，来双扬是一个卖鸭颈的女人。张所长与比他地位低的人出去吃饭，向来都是别人点菜的。张所长只是超然地说："我吃什么？我吃随便。"况且，来双扬请客，张所长点菜，他就不好意思点太昂贵的菜了，可是既然吃香格里拉，就应该吃一点昂贵的菜，要不然，还不如在吉庆街吃呢。

张所长不肯点菜，来双扬也不坚持了。来双扬请张所长点菜，也是一种姿态，表示尊重而已。来双扬像黑夜里的蜡烛，心里亮着呢，这菜，当然是由她自己来点了。

既然来了香格里拉，既然今晚要用杀手锏，那就豁出去了。来双扬点了一道日本北海道的鳕鱼，点了北极贝，点了虫草红枣炖甲鱼，这是一道药膳，滋阴益气，补肾固精的。张所长在读菜谱，听到这里，着实有点感动了，他又不是什么大干部，来双扬也这么下本钱点菜，他的面子也足够光辉了。张所长连忙打断了来双扬，说："行了行了。两个人，吃不了那么多。再说，这些菜的蛋白质也太高了，我这个年纪吃不消的,还是清淡一点好。把甲鱼换成冬瓜皮蛋汤吧,我最喜欢喝这种清淡的汤。"

来双扬说:"张所长,别别别!甲鱼一定要的,咱们人到中年,就是要注意滋补。再来一个冬瓜皮蛋汤不就行了。"

有服务生在一边,张所长不好意思坚持。他只得告诉着服务生说:"小姐够了!小姐够了!"

话题就是从这个时候,顺水推舟开始的。来双扬的语言表达,有一个了不起的本事,这就是:显得特别真诚。要论嗓音的好听,要论形体与语言的配合,来双扬都不及她的妹妹来双瑗,但是,来双扬会嗲。武汉有一句民谣,说:十个女人九个嗲,一个不嗲有点傻。女人的关键是要会嗲。来双扬就在于她非常会嗲。会嗲的女人不是胡乱撒娇,是懂得在什么场合使用什么语言姿态。来双扬深谙嗲道,她说话时候的真诚感便是来自对嗲的精通。来双扬说鸭颈好吃,可以说得谁都相信。现在来双扬说话了。她说:"张所长,我说句良心话,你真是一个好干部。你真是太廉政了。一般干部吃饭,他怎么会嫌好菜多了呢,又不是他自己掏钱。菜太多,吃不了,光是尝一筷子,见识见识也好啊。张所长,我这才点了几个菜,看你替我急得,生怕把我吃穷了。张所长,像你这样的干部,现在是太少太少了!我来双扬,有运气住在你的管段,想想真是我的福气。来,我敬你一杯!"

来双扬真诚的话语,把张所长说得泪珠子都快掉出来了。他就是这样的一个人,当了这么多年的房管所长,替大家做了多少好事,到现在快退休了,还不是两袖清风?家里也就是一个三居室,老伴也就在居委会上班,不是什么有油水的单位;儿子还是一个精神病人,靠他们老两口养活,不发病的时候也只能待在家里,发病了就糟糕了,满大街地追姑娘,夜里还往他妈床上爬,只好雇请一个身强力壮的男保姆专门看管他。雇请男保姆,现在一天得二十五块钱,真是要张所长的命啊!作为一个基层干部,张所长做得够好的了,他从来没有因为家庭困难叫过苦。可是这么多年来,他没有得到什么提拔,也没有得到什么荣誉。省里市里树的那些个优秀模范党员,张所长太了解他们了,就是会做一些表面文章,沽名钓誉,其实他们的实惠一点没有少得,张所长在某个桑拿屋,三次碰到了某个优秀模范党员。这让张所长心里如何平衡得了呢?

张所长眨巴着眼睛,与来双扬把酒杯一碰,一口就抽干了一杯酒。张所长动情了。他说:"扬扬,我相信群众的眼睛是雪亮的。你今天对我的评价,比上级对我的表扬更使我感到高兴。工作了一辈子,有群众的满意和支持,我就满足了。来,我敬你一杯。"

吃饭吃到这种心心相印的程度,来双扬与张所长几乎无话不谈了。使张所长一步一步放松警惕的是,来双扬没有提出什么新的过分的要求。来双扬几乎没有谈她房子的事情,与他大谈的是世道,是做人,是家常,他们一同愤世嫉俗着,吃得好不畅快。

话题,被张所长缠绕在他最大的心病上面。张所长最大的心病就是他的儿子。张所长用巴掌抹着脸,害臊地说:"扬扬啊,你也是过来人了,我也不想瞒你,你看儿子爬他妈妈的床,这是多么难堪的事情。我恨不得把这个杂种杀了,免得他有朝一日做出伤天害理的事情来!"

这时候,对张所长一直深表同情的来双扬忽然自己灌了一杯酒,将她镶着钻石的手指互相一个拳击。来双扬使出她的杀手锏了。来双扬说:"张所长,我简直都替你受不了了!这样吧,我就豁出去了,我来帮你解决这个问题!"

张所长说:"你?"

来双扬说:"你儿子这叫花痴不是?如果有了一个好老婆,他自然就好了。即便偶尔发病,也有老婆管着。小两口关在家里闹一闹,你老伴也就不存在危险了。"

张所长苦笑说:"哎呀扬扬,办法是好,我们也不是没有想过,可是谁愿意做他的老婆。再说,他还有文化,还晓得要爱情和要漂亮姑娘。这是不可能的事情啊!"

来双扬说:"张所长,天下没有不可能的事情。你这个忙。我帮定了!保管给你找一个年轻漂亮的媳妇。"

聪明人张所长立刻推开椅子,站了起来,对着来双扬,使劲地打躬作揖,说:"扬扬,只要你真的能够替我解决这个心腹大患,我和我老伴,来生做牛做马都要报答你。"

来双扬扶张所长坐下,说:"张所长啊,别说得那么可怕。什么来生?我们不都只盼望今生能够过得顺心一点吗?"

张所长正色道:"扬扬,聪明人之间,不用多说话。我工作上分内的事情,就是你和我没有任何朋友关系,我一样按政策办理。你的房子问题,大家有目共睹,你的要求是非常合情合理的,我一直在积极地办理。只是因为历史遗留问题太多,解决的时间需要长一点。不过现在已经快办好了。"

来双扬当然就不再多说什么了。只说了谢谢!谢谢!今天我们不谈工作,只是清谈清谈,开开心而已。然后为自己和张所长满上了酒,然后两人轻轻一碰,都一口抽干了。

来双扬说:"张所长,你知道九妹是我的干妹妹吧?我把九妹嫁给你做儿媳妇怎么样?"

张所长喜出望外地说:"九妹!"

8

九妹居然同意了。

来双扬有这个本事,硬是说服了九妹。

来双扬说服九妹并没有费太多口舌。因为来双扬事先已经彻底粉碎了九妹对久久的幻想。除了久久,九妹没有可能亲密接触其他的城市青年。九妹正是惶然不知所终呢。

来双扬用平静的语气,把九妹的人生状况给她作了一个客观的分析。客观事实很残酷,九妹明白了她在城市的处境和艰难,况且九妹还有一点狐臭,天天用香水遮掩着呢。来双扬建议九妹嫁给张所长的儿子。

九妹说:"张所长的儿子是花痴!"

来双扬说:"不是花痴,能够和你这个乡下妹子做夫妻?人家一个体体面面的,干部家庭的大学毕业生。花痴怕什么?你不就是一朵花吗?对你痴一点有什么不好。现在的女人,就是嫌自己的男人对自己不够痴情,恨不得他们成了花痴才好,关在家里,只看老婆一个人。再说了,花痴这种病,一般结婚以后就会好的。万一不好,也就是春天发发病,别的季节跟好人一模一样,你是看见他来吉庆街吃饭的,多少女孩子喜欢他,你也是见过的。"

九妹说:"万一发病了怎么办?"

来双扬说:"万一发病了我会不管你?不发病,皆大欢喜,等于你捡了一个天大的便宜,英俊女婿,城市住房,城市户口,公婆当菩萨供着你,你什么都得到了。万一发病,治疗呗。现在医学这么发达,怕什么?"

九妹说:"假如病得更厉害了呢?"

来双扬说:"崩溃!送精神病院呀!实在不成还可以离婚呀!到那时候再离婚,你该得到的都已经得到了。九妹呀九妹,现在做什么生意没有风险?人生也是一样的呀!你还在这里犹豫,人家张所长家里,成天都有哭着喊着送上门的乡下女孩,就是咱们吉庆街的,也不少。张所长为什么选择你,因为首先是他儿子喜欢你,看上你好久好久了。再是我没有把你当丫头,我当你是自己的妹妹,吉庆街都知道,你是'久久'的副经理。你是有身份有靠山的人,你出嫁,我是要置办彩电冰箱全套嫁妆的;'久久'的股份,也是要给你提到百分之三十的。九妹啊,你是有娘家的人啊!我来双扬这里就是你的娘家啊!你以为人家张所长不看重这个?一个干部家庭,谁不看重身份和地位呀!"

来双扬说完,接电话去了。一个电话,故意说了将近一个小时。九妹独自坐了将近一个小时,抱着脑袋前思后想。

来双扬打完电话，拖着脚过来，再也不说什么话，只是疲乏地歪着身子，仿佛为九妹操碎了心的样子，眼睛呢，只是征询地看了九妹一眼，然后慢条斯理地去磕烟灰。

九妹揉着眼睛哭道，说："老板啊，大姐啊，你要说话算话啊，以后千万不要不管我啊！"

来双扬轻轻杵了一下九妹的脑袋，说："我是说话不算话的人吗？真是崩溃！"

事情就这样办成了。九妹将要成为一个花痴的新娘了。来双扬忽然感到一阵心酸。来双扬挨着九妹坐下，抚摸着九妹的头发，说："九妹啊！久久命不好，你的命也不好，我的命也不好。咱们都是苦命人，就这么互相帮着过吧。做人不是一件容易的事情，来生我不要做人了，我宁愿做一只鸟。"

正好有一只鸽子歇在来双扬的窗口，来双扬看着鸽子说："我宁愿做一只鸟，想飞哪里就飞哪里，父母兄弟，一家老少的事情全都不用管，多好啊！"

九妹泪眼蒙眬地也去看那鸽子，说："我来生也不做人！随便做什么也不做人！"

来双扬说："九妹，大姐对不起你了！"

九妹说："大姐，不要这么说。这是我最好的出路，我反复想过了。"

来双扬说："结了婚，安定了。张所长的儿媳妇，也没有人敢小看的了。到时候，你要放开胆量和手脚，把'久久'的生意搞得更红火。大姐老了，有做不动的时候的，'久久'迟早是你的。"

九妹被来双扬感动得一塌糊涂，说："'久久'永远都是大姐你的、久久的和我的。以后，我心中珍藏的最宝贵的东西，就是'久久'了。我会拼命把生意做大的，我要尽量多赚钱，我要替你分担一部分久久的费用。我想穿了，只要久久能够活着，他要吃货，我们就尽力让他吃吧。"

提到久久，来双扬流泪了。汹涌的泪水，把眼睫毛上涂的黑色油膏，淌了一脸。她揽过了九妹的头，依偎在自己怀里。她喃喃地说："久久活不长的。他要是活得长，我就只好卖房子。一间房是供养久久的，一间房是来金多尔的出国留学费用。这日子只能这么着了。"

来双扬这个样子，九妹还有什么话说，两个人竟是肝胆相照的亲姐妹一般了。

日子过得很快。说话间，一个月过去了，九妹的婚期也到了。张所长的儿子，一听要替他完婚，高兴得比正常人还要正常。张所长的儿子与九妹一同去"薇薇新娘"影楼拍婚纱照，影楼的小姐都嫉妒九妹了。一个乡下妹子，怎么把这么一个一表人才的青年弄到手了？她们对张所长的儿子卑躬屈膝，把刻薄的冷淡藏在虚伪的热情里对待九妹。张所长的儿子居然觉察出来了，说："你们不要这样好不好？否则，我和我女朋友就要换一家影楼了！"

九妹听了兴奋得实在忍不住，提着婚纱跑到街头，给来双扬打了一个电话。

在电话里，把未婚夫的话，逐字逐句地讲给来双扬听。

来双扬在电话那头说:"好哇。这是我早就料到的。"

来双扬说完就把电话挂了。

来双扬高兴当然是高兴。但是她已经把九妹的事情放下了。她要去忙别的事情。生活中的事情真的是很多很多。

来双扬把来家的两间老房子收归到了自己名下。除了久久,来双元肯定是有意见的,来双瑗也肯定是有意见的。来双元与来双瑗,来双扬不怕他们。他们的思想工作,来双扬都可以做通。谁要是来硬的,来双扬就要问问他们,谁能够把久久和来金多尔负责起来?谁能够把吉庆街的"久久"酒店负责起来?来双元不能够。来双瑗也不能够。这是明摆着的事情。

只是来双扬必须把小金解决一下。

来双元的背后主要是他的老婆小金在挑唆。小金下岗两年多,想钱想得要命,现在是穷凶极恶了。

来家的长子没有得到房产，小金绝对饶不了来双元。小金下岗之后迷上跳广场舞，据说在舞场结识了一个律师。现在她动不动就说要诉诸法律。如果不解决小金，来双扬的哥哥来双元，后半辈子就没有安宁日子过了，来金多尔受到的干扰就太大了，来家谁都没有好日子过了。来双扬必须解决她的嫂子小金。

与小金这样的女人较量，来双扬便要使用她的另一套本领了。这就是泼辣。小金泼，来双扬要比小金更泼。出发迎战小金之前，来双扬换下了裙子和高跟鞋，穿上一身廉价的紧身衣服，黑色的；手上却戴了一副白色腈纶手套，这手套是来双扬夏天骑自行车用来保护手指的，今天她是晚上去找小金，没有太阳紫外线，她是怕小金把她镶钻的手指抓挠坏了。虽然是人造钻石，也是八十元一颗的。来双扬这样的一身打扮，完全是一个江湖侠客。

琴断口广场成了来双扬的嫂子小金终生难忘的伤心之地。

来双扬到了琴断口广场之后,暗中观察了小金很久。小金是那种年轻小巧玲珑中年发胖的身材,骨骼小,肉多,整个人成了一个圆滚滚的树桩。这种身材没有什么关系,人到了年纪都会发胖的。问题是小金年轻的时候朴朴素素,看上去令人舒服,现在却爱俏起来。小金不懂得,一个中年妇女,爱俏是一定要有身材本钱的,还要有经济实力的,还要有见识和悟性的。不然,就应当取本色的风格,穿得干净整洁,大方朴实也就很好了。小金真是要命!穿的什么?居然敢穿黑纱!里面紧身吊带背心,外面罩一件半长黑纱,下面是今年最流行的两边开衩短裙,脚上是松糕凉鞋,头发呢?吹起来挂在头顶如僵硬的快餐面,还染有一撮金色的黄发。这居然是一个胖墩墩的中年妇女的打扮!真是丢来家的人!在大喇叭猛放的流行歌曲声中,小金涂脂抹粉,做出一脸的表情,用一种以为自己很亭亭玉立风情万种的感觉,与那位相貌猥琐、瘦得腰都挂不住裤子的律师,亲密地相拥起舞。

并且,小金只和那位律师跳舞。一个老头子过来请她,她还撇嘴!喇叭里放出一首"真的好想你,我在夜里呼唤黎明"这种抒情慢歌的时候,小金与律师几乎跳贴面了。他们的眼睛,还碰来碰去,在光线暗淡的地方,向对方放电。他们一定以为,广场这么大,跳舞的人好几百,看上去都是胳膊在扭动,仿佛一窝乱蛆,令人眼花缭乱,一定不会有谁注意到他们的。来双元还为他的老婆辩解,说她晚上出去跳舞只是为了锻炼身体。来双扬才不相信呢!为了身体健康,每天坚持在自己楼道里爬楼梯就足够了!

来双扬径直走到舞场中间,把她的嫂子小金拽了出来。当来双扬大叫一声"嫂子!"的时候,律师飞快地钻进人群,不见了。

小金的块头不大,劲头却不小。她用力甩掉了来双扬的手,大声叫喊道:"我又不认得你!你拉我做什么!"

小金这一手果然厉害,周围不少的人就围了过来，警惕地打量来双扬。小金长期在这里跳舞，人们是认识她的。而且来双扬还不能指责小金的打扮，也不能戳穿小金跳舞的居心，因为舞场上的大部分人，都是小金的同类。来双扬一棍子打翻一船的人，在这里肯定是要吃亏的。来双扬见势不妙，机智地转换了话题。来双扬在吉庆街练就的就是一张巧嘴。

来双扬说："嫂子，你这是干什么？我偶然路过这里，看见了你，想托你给我哥哥和侄儿捎带一点营养费回去，他们手术以后，还是要多补养补养的。我不是看你下岗了，想帮帮你们吗？"

周围的人，把来双扬的话一听，顿时对她好感倍增。

小金可不是一个好打发的女人，她说："说的比唱的好听！钱呢？给我吧。"

来双扬没有退路，只好拿出了一张百元的钞票，递给了小金。她想：舍不得孩子打不到狼。

小金拿了钱就要走。来双扬说："嫂子，这就做得不地道了吧？我还有话要说呢。"

小金说："有话就说，有屁就放。"

来双扬对周围的人无奈地笑笑，说："我嫂子好像吃了炸药呢。"

小金迫于众人的压力，将戾气收敛了许多。说："有什么话，说吧说吧，你这个人，我又不是不知道。汉口吉庆街的，老辣得很。没有事情，是不会来找我的。"

来双扬也就变了脸，说："那好。那你就听着。你是一个当妈的，你儿子动手术割包皮，你跑到哪里去了？你是一个做老婆的，你丈夫也动了手术，你跑到哪里去了？你本来就是一个工人，却怕吃苦，不肯做工。你下岗之后，我给你介绍了多少工作，你都不肯做。巴不得每天早上一开门，天上就在下钞票。你从前上班，就是在厂里混点。有哪一个工厂，能够不被你这样的人混垮？还有脸骂政府，怪国家，埋怨丈夫。像你这种懒婆娘，不肯劳动，不管儿子不管丈夫不顾家庭，还有什么嘴巴说别人?"

小金的嗓子也敞开了。她说:"我家里的事情,要你管什么!不就是你哥哥和侄子在你那儿住了几天吗?你就邀功来了。谢谢你!行了吧?你妈屄自己一个孤老,把老子的儿子拉拢过去当自己的儿子,还不肯出一点血,天下哪里有这么美的事情!"

小金骂来双扬"孤老",这一下就把来双扬的恶胆勾引出来了。来双扬甩出胳膊,手指都指点到小金的鼻子尖了。来双扬说道:"你骂我孤老?你的脑袋是不是有毛病?你张开眼睛看看是你年轻还是我年轻?你崩溃呀你!我他妈的又不是没有生过孩子!老子现在要生育,是分分钟的事情,要找男人,也是分分钟的事情。姓金的,我告诉你,话说早了不好,咱们走着瞧,将来谁是孤老,咱们看得见的!什么你的儿子,你管过他吗?那么好的一个孩子,那么爱学习爱读书,你妈的屄,你一打麻将就是整天整夜,那孩子,连一口饱饭都吃不上。给两个钱让孩子自己上街买烧饼，孩子烧饼都舍不得吃，都去买书报了。这么糟蹋孩子，你还有什么资格当妈？这孩子是吃我的奶水长大的，是我一直在关心他爱护他，给他买书买杂志，是我在花钱送他去俱乐部打乒乓球。他动了手术，是在我家里休养，我给他熬骨头汤，做肉做鱼给他吃。'生不如养'这句老话你知道吗？我要抢你的儿子？我有钱不知道自己多穿几件好衣裳？我有病啊！是孩子他愿意啊！你让多尔站在我们中间，看他愿意跟谁走！我是心疼这孩子啊！你是在害性命你知道不知道！"

来双扬的一番话，倾泻如高山流水，势不可挡。小金几次试图打断她，结结巴巴着，就说不出任何有力的语言来。小金恼羞成怒，扑将上来冲撞来双扬，一边叫嚷："来双扬！你这个婊子养的！看我不把你的嘴撕了！是我惹你了，还是我铲了你们家的祖坟，你凭什么跑到这里来败坏我！"

来双扬的个子比小金高多了，又是有备而来的，所以一下子就捉住了小金的双手。来双扬说："今天我来，就是要教你学乖一点。教你尽到做老婆做母亲的本分，不要无事生非地掺和我们来家的任何事情。我哥哥养活了你，爱护着你，你要知趣，要感恩，不要给他气受，不要在他面前絮絮叨叨，不要怂恿他与我们兄弟姐妹争家产闹矛盾占小便宜。如果你乖，多尔的生活费和教育费，从现在起，我都包了。你他妈的就是打麻将打死，跳舞跳死，懒惰得骨头生蛆，我来双扬再也不干涉你一个字！假如你臭不懂事，那就怪不得我了！"

小金听了来双扬的话，愣了半晌，突然奋力地跳起来，在来双扬脸上抓了一把。来双扬一躲闪，小金的手抓到她嘴角了，当时就有血花绽开。来双扬眼疾手快，顺势就给了小金一个凶猛的耳光。小金脚跟没有站稳，跟跄了一下，跪倒在来双扬面前。

来双扬抓住小金的头发，说："今天咱们就这么说定了。最后还有一个小小的警告，你要是再和那个律师眉来眼去，是卸胳膊还是卸腿，随便你挑。

你知道吉庆街的,也知道黑社会的,更知道我是吉庆街长大的。"

小金扛不住了,一摊烂泥泄在地上,杂乱无章地哭嚷叫骂着。

来双扬一把掀开小金,钻进一辆出租车,扬长而去。

9

与天下的日子一样,吉庆街的日子,总是在一天一天地过去。

早上,太阳出来了,人也出来了,各式各样的,奔各自要去的地方,脸上的表情,都让别人猜不透;黄昏,太阳沉没在城市的楼群里面,人也是各式各样,又往各处奔去,脸上的表情,除了多出一层灰尘和疲倦,也还是让人猜不透。若是抽象地这么看着芸芸众生,只能觉得日子这种东西,实在是无趣和平庸。也只有日子是最不讲道理的，你过也得过，你不想过，也得过。人们过着日子，总不免有那么一刻两刻，也不知道为了什么，口里就苦涩起来，心里就惶然起来，没着没落的。吉庆街的夜晚，便也因此总是断不了客源了。

吉庆街是夜的日子，亮起的是长明灯。没有日出日落，是不醉不罢休的宴席。人们都来聚会，没有奔离。说说唱唱的，笑笑闹闹的，不是舞台上的演员，是近在眼前的真实的人，一伸手，就摸得着。看似假的，伸手一摸，真的！说是真的，到底也还是演戏，逗你乐乐，挣钱的！挣钱就挣钱，没有谁遮掩，都比着拿出本事来，谁有本事谁就挣钱多，这又是真的！用钱作为标准，原始是原始了一点，却也公平，却也单纯，总比现在拿钱买到假冒伪劣好多了。卖唱的和买唱的都无所谓，都乐意扮演自己的角色，因为但凡动脑筋一想，马上就明白：人人都是在这生活的链条当中，同时都在卖唱和买唱，只是卖唱和买唱的对象不同而已，老虎怕大象，大象却还怕老鼠呢。表演者与观看者互动起来，都在演戏，也都不在演戏；谁都真实，谁都不真实。别的不用多说，开心是能够开心的。人活着，能够开心就好！什么王侯将相，荣华富贵呢！

来双扬的鸭颈生意，她从来都不是很犯愁的。她不用动脑筋，仅凭吉庆街的人气，她也知道吉庆街总归是有人来吃饭的，吃饭肯定是要喝酒的，喝酒肯定是要鸭颈的。来双扬非常清楚，对于中国人，大肉大鱼的时代已经过去了。她的鸭颈，不用犯愁。所以来双扬夜夜坐在吉庆街，目光里的平静是那种满有把握、通晓彼岸的平静，这平静似乎有一点超凡脱俗的意思了。

生活呈现出这样的局面，使来双瑗异常悲愤。来双瑗的目光是犀利的，是思辨的，是智慧的，可是她就是熬得双眼红红，目光烦躁不堪。通过较长时间的努力，来双瑗积极地曝光了社会热点问题，吉庆街大排档夜市受到广大居民的强烈谴责。吉庆街又遭到了一次取缔。然而，取缔的结果还是与以往一样，吉庆街大排档就像春天的树木，冬天睡了一觉，春天又生机勃发了，并且树干还粗大了一轮。这是来双瑗怎么也想不通的事情！政府大约是要想别的办法了。要不然，事情看起来就很滑稽了，到底是在棒杀还是在吹捧呢？

来双瑗与姐姐来双扬，又发生了一场龃龉。还是车轱辘话题，扬扬你为什么一定要过这种日夜颠倒的不正常的生活？

来双扬便咬牙切齿地低声说："崩溃！"

姐妹俩详细的对话就不用复述了。尽管来双瑗这一次把问题的性质提到了环保和文化的高度，来双扬这个卖鸭颈的女人，三言两语，就把妹妹的话题家常化和庸俗化了。

来双扬说："你在穷咋呼什么呀！"

来双扬扳起指头数数这过去的日子，她解决了来家老房子的产权问题；也解决了与卓雄洲的关系问题；还带来金多尔看了著名的生殖系统专家，专家说多尔的包皮切口恢复得很好，不会影响只会增强将来的性功能；来双扬还给来金多尔换了一位更高级的乒乓球教练；来双扬搞好了与父亲和后母的关系；交清了来双瑗他们兽医站半年的劳务费；九妹出嫁了；小金也本分了一些；久久似乎也长胖了一点，来双扬在逐步地减少他的吸毒量，控制他对戒毒药产生新的依赖；来双扬自己呢，还挤出一点钱买了一对耳环，仿制铂金的，很便宜，但是绝对以假乱真！来双瑗呢？她做了什么？她全力以赴地做了一档节目，以为可以改天换地，结果天地依旧。想想看，是谁推动和创造了人类的发展？

来双瑗气得两眼望长空，双手拍在桌子上。良久，来双瑗才文不对题地说："我，要做一个甘于寂寞的人了。"

来双扬只得摇摇头，随妹妹自己去了。来双扬无法与来双瑗对话。一个人既然甘于寂寞，何必还要宣称呢？宣称了不就是不甘于寂寞了吗？来双瑗总也长不大，皮肤都打皱了还是一个青果子，只有少数白头发的老文人和她自己酸掉大牙地认为她是一个纯美的少女,可是她早就过了少女阶段了。看来以后为来双瑗操心的事情,还真不少呢。

与卓雄洲的关系问题,来双扬已经解决了。是来双扬采取的主动姿态。让别人买了自己两年多的鸭颈,什么都不说,吊着人家,时间也太长了。来双扬还发现自己逐渐喜欢上卓雄洲了。这样下去怎么行呢?这样下去,来双扬在吉庆街的夜市上,就坐不稳了。恋爱的女人,一定是坐立不安的。一个魂不守舍坐立不安的女人,怎么全心全意做生意守摊子?可是来双扬必须卖鸭颈。她不卖鸭颈她靠什么生活?

来双扬主意一定,就要把她和卓雄洲之间的那个结局寻找出来。她是一个想到就做的女人。

来双扬和卓雄洲的结局是什么?在他们约会之前,来双扬一点把握都没有。最美好的结局是,卓雄洲突然对她说:"我离婚了。我要和你结婚。"最不美好的结局是,卓雄洲说:"我不能离婚,你做我的情人吧。"于是他们只好暗通款曲。恋爱中的女人总是很幼稚,来双扬设想的结局就跟小人书一样简单分明,可是生活怎么会如此简单分明呢?

不管来双扬如何昏头,她还真是有一点见识的。来双扬自己单独居住,她却没有把和卓雄洲的约会放在自己的房间。来双扬想过了,她自己的房间虽然方便和安全,但是假如结局不好,那么她的房间,岂不伤痕累累,一辈子惹自己伤心?一处房产,对于一个普通百姓来说,可不是好玩的东西,是人生的归宿和依靠,不是能够用火烧掉,用水洗掉的,不能让自己的老巢受伤。

来双扬把卓雄洲约到了雨天湖度假村。

雨天湖度假村在市郊。雨天湖是一大片活水湖,与长江和汉水都相通的。从度假村别墅的落地窗望出去,远处湖水渺渺,烟雾蒙蒙;近处芦苇蒿草,清香扑鼻;不远不近处,是痴迷的垂钓者,一弯长长的钓鱼竿,淡淡的墨线一般,浅浅地划进水里。多么好看的一切!

落地窗玻璃的后面,是一方花梨木的中式小几,几子两边,雕花的椅背,坐了来双扬和卓雄洲。几子上面摆了带刀叉的水果盘,两杯绿茶,还有香烟和烟灰缸。一张大床,在套间的里面。推拉门开着,床的一角正好在视线的余光里,作为一种暗示而存在,有一点艳情,有一点性感,有一点鼓励露水鸳鸯逢场作戏。宾馆的床,都是具有多重意思的,也少不了暧暧昧昧情调的。

卓雄洲看着外面说:"真是人间好风景啊!我恨不能就这样坐下去,再一睁开眼睛,人已经老了。"

来双扬心里也是这么一个感觉,她说:"是啊是啊。"

卓雄洲没有谈到离婚,也没有谈到结婚,更没有谈到情人。他的话题,从两年以前的某一个夜晚谈起,说的尽是来双扬。是来双扬的每一个片段,是来双扬的每一个侧面,是对来双扬每一个部位的印象。来双扬喜欢听。被一个男人这么在意,来双扬心里很得意,很高兴,也很骄傲。

卓雄洲谈着谈着，来双扬渐渐便有了一点别的感觉。

卓雄洲谈得时间太长了。凡事都是有一个度的，过了这个度，味道就不对了。卓雄洲谈到后来，来双扬就觉得他描绘的，好像不完全是她了。到了最后，来双扬几乎可以肯定，卓雄洲描绘的，绝对不是她了，而是她与别的女人的混合，是一个十全十美的女人：外表风韵十足，内心聪慧过人，性格温柔大方，品位高雅独特，而且遇事善解人意，对人体贴入微。这个女人是来双扬吗，不是！来双扬太知道自己了。来双扬要是那样的一个女人，她就不会是卖鸭颈的命了。卓雄洲一定没有看见来双扬对范沪芳如何地花言巧语，一定想象不到来双扬与小金的对打厮杀，更不会知道来双扬狠心出嫁九妹，违法呵护久久。到了这个时候，来双扬已经明白，她和卓雄洲没有夫妻缘分了。可惜了卓雄洲两年多的梦幻和期待，也可惜了她自己两年多的梦幻和期待。来双扬心里苦涩不堪，恨不得推开窗户跳出去算了,死倒是痛快啊!人原来是这么地不好过活啊!

但是,来双扬不忍心揭穿自己,也不忍心揭穿卓雄洲。既然没有夫妻的缘分,既然没有以后真实的日子,姑且让自己在卓雄洲心目中留下一个完美的形象吧。来双扬其实也是想做那种十全十美的女人的,只是生活从来没有给她这么一个机会。

来双扬点起了香烟,慢慢吸起来。她认真看着卓雄洲的脸,耐心地听他歌颂他心目中的理想情人来双扬。尽情歌颂吧,来双扬今天有的是时间,人家卓雄洲买了她两年多的鸭颈呢。卓雄洲的脸是苍劲的,有沧桑,有沟壑,有丰富的社会经验。这么老练的一个男人,城府深深的一个男人,一年盈利上千万的男人,怎么私下里袒露出来的眼神还是像一个寻找妈妈奶头的婴儿呢?到哪里去找真正长大了的男人?

卓雄洲说:"好!好!扬扬,我就是喜欢你这种冷艳的模样。"

来双扬强忍心酸,说:"谢谢。"

卓雄洲说:"我说完了,该你说我了。"

来双扬一愣:"说你什么?"

卓雄洲说:"你看我怎么样啊?"

来双扬更加愣了。来双扬在心里已经对卓雄洲有了明确的判断,可是她不能把她冷酷的判断说出来。人家卓雄洲买了她两年多的鸭颈,还着实地歌颂了她一番,她万万不能实话实说。来双扬一向是不随便伤害人的,谁活着都不容易啊!卓雄洲怎么样?卓雄洲不错啊。卓雄洲是一个雄壮,强健,会挣钱的男人啊!来双扬做梦都想嫁给这样的男人——只要他真的了解她并且喜欢她。来双扬愣了一刻之后,哧的一声笑了起来。她要开玩笑了。

来双扬说:"我看你挺好。"

卓雄洲说:"哪里挺好?"

来双扬说:"哪里都挺好。"

卓雄洲说:"说具体一点。"

来双扬说:"好吧。你的头挺好,脸挺好,脖子挺好，胸脯挺好，腹部也挺好。"

卓雄洲听到这里，坏坏地笑了起来，说："接着往下说！"

来双扬伸出她纤美的手来，在卓雄洲面前摇着，说："我不说了。我不说了。"

卓雄洲趁机捉住了来双扬的美手，再也不放，催促道："腹部下面是什么？说下去！"

来双扬埋下头咕咕笑道："腿也挺好。"

卓雄洲说："你这个坏女人，故意说漏一个地方。"

两人笑着闹着就纠缠到了一块儿。男女两个身体纠缠到了一块儿，自然的事情就发生了。那张大床，不知怎么的，就好像主动向他们迎过来了。卓雄洲和来双扬眼里，也就只有床了。他们很快就到了床上。卓雄洲这两年多来，思念着来双扬，与自己的妻子，便很少有事了。来双扬单身了这么些年，男女的事情也是极少的。所以，眼下这两个人，大有孤男寡女、干柴烈火的态势。来双扬是一个想到就做，做就要做成功的女人。既然与卓雄洲滚到了床上，她也没有多余的顾虑了，一味只是想要酣畅淋漓的痛快。卓雄洲呢，也是本能战胜了一切。可是，卓雄洲一贴紧来双扬的身体，很快就不能动弹了。来双扬为了鼓励卓雄洲，狠狠亲了他一下，谁知道卓雄洲大叫："不要不要！"等来双扬明白卓雄洲是受不了这么强烈的刺激的时候，卓雄洲已经仓促地做了最后的冲刺。而来双扬这里，还只是刚刚开始，有如早春的花朵，还是蓓蕾呢。雨露洒在了不懂风情的蓓蕾上！来双扬有苦难言地躺着，跟瘫痪了一样。一朵充满热望，正想盛开的蓓蕾，突然失去了春天的季节，来双扬周身的那股难受劲儿，实在是说不出口，一线泪流，湿润了来双扬的眼角，暴露出来双扬的不满与失望。

脱了衣服的卓雄洲与西装革履的卓雄洲竟然有如此大的反差，他的双肩其实是狭窄斜溜的，小腹是凸鼓松弛的，头发是靠发胶做出形状来的，现在形状乱了，几绺细长的长发从额头挂下来，很滑稽的样子。

卓雄洲抱歉地说:"先休息一下,我争取再来一次。"

来双扬赶紧摇头,说:"我够了。"

来双扬得善解人意。来双扬得把男人的承诺退回去。来双扬不想让卓雄洲更加难堪。方才卓雄洲的冲刺,喉咙里面发出的都是哮喘声了,他还能再来什么?谁说女人的年纪不饶人呢?男人的年纪更不饶人。卓雄洲毕竟是奔五十的中年人了,没有多少精力了。这种男人没有刺激不行,有了刺激又受不了,只能蜻蜓点水了。卓雄洲不能与来双扬缓缓生长,同时盛开了。他们不是一对人儿,螺丝与螺丝帽不配套,就别说夫妻缘分了。大家都不是少男少女,各自的行事方式已成习惯,没有磨合和适应的可能了。

这就是生活!生活会把结局告诉你的,结局不用你再事先设想。

夜已经降临。来双扬好脾气,同意与卓雄洲在雨天湖睡一夜。毕竟卓雄洲的好梦,做了漫长的两年多,来双扬还是一个很讲江湖义气的女人。来双扬让卓雄洲把头拱在她的胸前入睡了,许多男人一辈子都还是依恋着自己的妈妈,来双扬充分理解卓雄洲。

入睡不久,卓雄洲与来双扬便各自滚在床的一边,再也互不打扰,都睡了一夜的安稳觉。

早上,卓雄洲从洗手间出来,又是一个很英气很健壮的男人了。他们一同去餐厅吃了早餐。吃早餐的时候,卓雄洲就把手机打开了。马上,卓雄洲的手机不断地响起,卓雄洲不停地接听电话。卓雄洲说电话说得真好,干练而有魄力,处理的件件事情都是大事。来双扬把叉子含在口里,歪头看着卓雄洲,很是欣赏这位穿着西装的,工作着的卓雄洲先生。工作让男人如此美丽,正如悠闲之于女人。也难怪世界上的政治家绝大多数都是男人了。

雨天湖的房间是来双扬订的,卓雄洲一定要付账。来双扬也就没有坚持。

吃过早餐出来，卓雄洲与来双扬要分手了。他们什么也没有说，就是很日常地微笑着，握了一个很随意的手，然后分别打了出租车，两辆出租车背道而驰，竟如天意一般。

从此，卓雄洲就再也没有出现在吉庆街了。

来双扬没有悲伤。这是来双扬意料之中的事情。来吉庆街吃饭的，多数人都是吃的心情和梦幻。卓雄洲不来，自然有别的人来。这不，又有一个长头发的艺术家，说他是从新加坡回来的，夜夜来到吉庆街，坐在"久久"，就着鸭颈喝啤酒，对着来双扬画写生。年轻的艺术家事先征求过来双扬的意见，说："我能够画你吗？"

来双扬淡漠地说："画吧。"

来双扬想：行了艺术家，你与我玩什么花样？崩溃吧。

吉庆街的来双扬，这个卖鸭颈的女人，生意就这么做着，人生就这么过着。雨天湖的风景，吉庆街的月亮，都被来双扬深深埋藏在心里，没有什么好说的，说什么呢？正是日常生活中那些无法言表的细微末节，描绘着一个人的形象，来双扬的风韵似乎又被增添了几笔，这几笔是冷色，含着略略的凄清。

不过来双扬的生意，一直都不错。

(发表于2000年第5期《十月》)

一种占卜的草

这是一个星期天的下午。天气倒还晴朗，阳光却比较暧昧。暧昧的阳光把李薴的家照耀成了一种不健康的黄色。这种黄色与急性黄疸肝炎的颜色很接近，只是更亮一些。李薴陷落在这种黄色的光晕里玩电脑。她连续玩了两天两夜了，头发四十八个小时没有梳理。没有梳理的头发渐渐干枯，在电脑形成的磁场作用下产生了静电，根根发梢悄而没声地竖了起来。到了这个下午，太阳打进来一束不健康的黄光，挓挲着头发的李菁活脱像个吸毒过量的摇滚歌手了。

　　电脑的屏幕越来越晃眼睛。李菁的眼睛累了，酸涩不堪，眼皮一直往下耷拉。李菁用脚尖够过去，摁开了落地灯的开关。又用修着长指甲的手撕了一条打印纸。李菁熟练地将纸条卷成了小纸棒。李菁望着小纸棒，伸出苍白的舌头舔了舔嘴唇。居然一卷就卷成功了，李菁很是有一点得意。在一切都被机器操纵的时代里，人们的四肢在萎缩。手工活至少可以表示一个人肢体的健全。卷小纸棒这种手工活不是很容易做的事情。欧滔天就做不了这么成功的小纸棒。欧滔天脑袋很大，四肢短小，双手交叉只能垂在肚脐眼那儿。可惜此刻欧滔天不在家，没有亲眼看见她做。待一会儿欧滔天回来了，李菁把小纸棒拿给他看，他肯定又是不以为意的样子。李菁烦死了。李菁没有想到人与人之间如此隔膜，哪怕最亲密的人也不例外。如果你没有办法让他看见一个成功的过程，他就对你的结果不以为意。我操。

问题是，如果当面进行过程，结果往往就糟糕透了。李薯当着欧滔天的面，从来卷不好这么成功的小纸棒。关键是要把某人带进你的过程，要么某人能够把你带进他的过程。相互吸引，相互诱惑，相互缠绕，相互思念。不要搞错，李薯不是指单纯的性关系，也不是指单纯的恋爱关系，更不是指婚姻关系。婚姻是一种社会关系，不是情感关系。李薯指的是一种更为深刻更为广阔的情感关系。比如李薯成功地卷了一根小纸棒，有人会为她的成功拥有发自内心的重视和高兴。可是谁会呢？谁也不会。所以李薯烦死了。所以李薯的眼神总是蔫的，看什么都不起劲，谁都不在她的眼里。所以很多人都自然地疏远着李薯。

　　李薯小心翼翼的，用卷好的小纸棒撑住自己的眼皮，死乞白赖地继续玩着"英雄大比拼"。"英雄大比拼"是一种比较简单的游戏，喜欢电脑游戏的人都这么认为。李薯从周五的下午开始玩它。令人不敢相信的是，一直玩到周日的下午，李薯还没有成为英雄。李菁在电脑面前已经坐了两天两夜,第一夜熬通宵,第二夜睡了三个小时。就是这么苦苦奋斗,李菁还没有成为英雄。李菁已经与电脑斗起气来了。她必须成为英雄。否则,她就与电脑决战到底。欧滔天不在家。很好。李菁可以不必担心欧滔天与她争夺电脑。我操他妈的!李菁无言地咒了一声,把键盘敲击得嗒嗒作响。她两天没有梳理的头发在她喝水的时候缠在了她的舌头上,李菁把头发吐出来,吐出了很响的噗噗声。

刚才李菁默默说的一句粗话:我操他妈的,这也是让她烦死的问题之一。一个表面文静的女孩,老是把"我操他妈的"挂在嘴边,人们总是不习惯。有时候在办公室,李菁的"我操他妈的"脱口而出,听者惊愕得下巴都要掉下来了。她还不是简称"我操",她习惯复杂地说"我操他妈的",一字一句,抑扬顿挫,解恨。为此,主管经理找她谈过三次话了。

从前李菁在外面不开心了,在欧滔天这里还能够得到宽慰。欧滔天总归是欣赏李蓍的。当初大学里流行这么一句话：女为悦己者嫁，男为悦己者离。欧滔天已经与一个女孩子领了结婚证，认识了李蓍之后，他就与那个女孩子又去扯了离婚证。就是凭着李蓍的一句"我操他妈的"，欧滔天在一大群女大学生中区别出了她并且记住了她。李蓍瘦长的白脸，细细的白牙，沉默寡言，眼神颓废，用接近耳语的声音哀痛地说"我操他妈的"，别有韵致。欧滔天知道李蓍的"我操他妈的"不是别的意思，仅仅就是表达一种难以言传的情绪，是李蓍个性的体现。现在的语言就是这样，字面意思往往并不代表实质意义。可是，结婚一段时间之后，欧滔天的态度有了变化。就在前不久，当李蓍说"我操他妈的"的时候，欧滔天白了她一眼，说："你发现自己在说什么吗？！你操谁的妈呢？你又能够操谁的妈呢？一个女人！"他不再说"一个女孩子"了。

　　李蓍急了，叫道："欧滔天！你怎么可以这样？"
　　欧滔天说："我怎么样？"

李蓍说:"你明知故问。就是女孩子不能够操谁的妈,使用这样的语言才有幽默感,男人能够操,就不能胡说了。"

欧滔天说:"这是强盗逻辑。"

李蓍说:"你才是强盗逻辑!人家使用习惯了的语言,凭什么不让人家说?"

欧滔天没有理睬李蓍的叫嚣,而是继续霸占着电脑,分析他所关心的股市行情,脸上的纹理甚至动都没有动一下。李蓍跑上去揪了一把欧滔天的耳朵,欧滔天把她的手推开了。李蓍又去弄乱欧滔天的头发,欧滔天又把她的手推开了。他的推开一次比一次无情。

新婚阶段,李蓍想振作一下自己和改变一下生活方式。李蓍把她的想法对欧滔天说了。

欧滔天说:"好哇。"

李蓍说:"那你提一点建设性的意见好不好?"

欧滔天却说:"像我们这样生活下去,就会建设得很好。"

李薴说:"好什么好?这个小区的邻居都不和我们讲话的。"

欧滔天说:"不是人家不和我们讲话。是大家彼此之间都不怎么讲话。现在大家都忙,哪里有时间讲话?"

李薴说:"事实不是这样的。我观察过了,他们互相有许多话说的。"

欧滔天说:"那都是一些很世俗的家长里短,你还屑于这个吗?"

李薴说:"欧滔天你都没有听懂我的话。我不是说他们具体说一些什么,我是说他们故意与我们保持距离。"

欧滔天说:"你不是说一个有文化的人应该与一般老百姓保持一定的距离吗?"

李薴说:"是的。一定的距离。大了就不好了。"

欧滔天说:"那你就首先制定一个距离标准吧。"

李薴说:"你不要这个样子好不好?"

欧滔天眨巴着眼睛看了李著一会儿,就不理睬李著了。他在电脑上忙碌,分析他的股市行情。

李著说:"欧滔天,你听我说。我存放自行车的时候,告诉他们我叫李著。他们在登记本上就写成了'李是',我给他们改过来了。昨天一看,这个月写的还是'李是'。他们把我的名字写错了!"

欧滔天的眼睛盯在电脑上。他说:"写错了就写错了。你的名字本来就有一点怪。好在读音没有错。你不能对生活要求得这么苛刻。"

李著说:"我苛刻?我只不过要求一个属于我的名字而已。"

欧滔天的呼机不识时务地嘀嘀响了。呼机好像是一个堂而皇之的理由,欧滔天理所当然地中断了与李著的谈话,拿起电话去复机。欧滔天打电话的时候就答应了电话里的朋友,说他马上就到。挂上电话,欧滔天对李著说了一声"我出去了",说完就要出门。

李著说:"我还没有说完我的打算呢!"

欧滔天站在门口换皮鞋，撅起来的屁股对着李菁。他说："以后说吧。"

李菁说："以后你一定后悔也来不及。"

欧滔天蹲下去系皮鞋带子，说："太太，请简明扼要地告诉我你有什么打算吧！"

生活的打算简明扼要不了。你要简明扼要那就对不起了。李菁挑着严重的说了一个。

李菁说："我要把头发染了。"

欧滔天猛然回过头，说："染发？染什么颜色？"

李菁说："金黄色。"

"金黄色的头发像一只'鸡'！"欧滔天停下脚，转过身来面对李菁，"李菁，你知道不知道你已经结婚了？"

李菁很高兴欧滔天对她的重视。李菁其实并不同意欧滔天的说法，为什么金黄色就是"鸡"呢？李菁更不能够同意结婚与染发有什么逻辑联系。但李菁不想就此与欧滔天争论，因为李菁从来也没有想到过要把头发染成金黄色。关键的是她要刺激一下欧滔天，要让他注意到他们婚后应该互相关注，并且时刻关注这个小家庭的家庭生活，一种真正的生活。

欧滔天说："什么样的生活才是真正的生活？"

欧滔天换了皮鞋，但是不敢迈步出门。他很怕李蓍真的去染一头金黄色的头发。那他就没有面目带她出去见朋友了。

李蓍说："真正的生活至少要热气腾腾，夫妻经常有说不完的话，与邻居们都很熟悉，出门就有人与你打招呼，告诉你一些关于这个小区的种种事情。也就是说，大家都当我们是自己人，不用另外的眼光看我们。"

欧滔天说："现在的生活小区，谈不上什么自己人不自己人，大家同样都在一个生活小区居住和生活，想说话就说话，不想说话就不说话。彼此彼此。"

李蓍："欧滔天，你不要自欺欺人了。他们就是没有把我们当一回事。那次停水，他们事先都知道，只有我们家一点水都没有储备。没有人通知我们。他们肯定认为我们不像一个家庭。"

欧滔天说:"你的打算总该不是想说要一个孩子吧?"

李薯说:"不!你放心好了。"

李薯现在还不敢考虑生养孩子的事情。要孩子的事情太重大了。你的生活中凭空出现一个幼小的生命,需要你提供他的一切生活需要,而他却只会在你的空间哭啼和随意大小便。我的天,孩子,晕倒吧!

欧滔天刚刚松一口气。李薯说:"啊!欧滔天,你提醒了我。我们先试着养一只动物好不好?"

欧滔天实在是要出门了。他说:"好吧。我想动物还是比较好处理的。"

李薯追问说:"你想养什么动物?"

欧滔天说:"随便。"

欧滔天还是没有一点家庭责任感。李薯要动动脑筋了。李薯要通过家养动物,来培养和锻炼欧滔天的责任意识。

第二天，李薯就买回家了一只小公鸡。

欧滔天看见小公鸡很意外，他说："我以为你会要一只小猫或者是小狗。"

李薯这一下就很有话说了。李薯说："那你太不了解我了。首先，我现在是一个家庭主妇，我要考虑经济问题。小狗和小猫不仅价格太贵，吃的东西也太贵，什么鱼呀肉呀牛奶呀。小鸡不仅本身就便宜，吃得也少，而且还与人吃同样的食物，有一点米饭就成。这就很简单了。第二呢，一般人都养狗和猫，经验也都是现成的，就算养好了也没有成就感。我呢，养小鸡，就与众不同了。一切都是新感受。第三，养小鸡还有一个最大的好处，就是它长到一定的时候会开始打鸣报晓，那样便可以代替时钟了。今后我们的钟再坏了，就不用那么着急了。"

欧滔天不置可否。欧滔天生活在城市，城市里面不允许养鸡。他对小公鸡从来没有任何感觉和想法。

欧滔天蹲在地上观察了小公鸡好半天。小公鸡对欧滔天又新鲜又害怕，眼睛里流露出腼腆与和善。欧滔天对这种眼睛有一点好感。最后欧滔天歪歪头笑了。他觉得李薏这个女子真是别出心裁。别出心裁的女子，有时候就是迷死人。欧滔天兴致上来，亲热了李薏一番。然后兴兴头头地给他的几个朋友打了呼机，留言有一点炫耀的意味：我们已经变成三口之家了，我们李薏抱养了一只小公鸡！

当晚，李薏和欧滔天坐在床头，给乱蹦乱跳的小公鸡取了一个名字，叫作多佳。"多佳"两个字是李薏说出来的。欧滔天问多佳是什么意思？李薏说没有什么意思。为什么什么都一定要有一个意思？"多佳"两个字叫起来顺口，明朗，还带一点俄罗斯风味。李薏喜欢俄罗斯文学。欧滔天认为，"多佳"体现不了俄罗斯文学，要么干脆叫"多佳斯基"。李薏否定了欧滔天的提议。李薏说四个字的名字不是中国风格。中国鸡，要保持民族文化传统。欧滔天只好同意了。李薏与欧滔天的生活就是不一样了。小两口整个晚上都在研究鸡，电脑根本就没有被人理睬。通过看书研究，李薏和欧滔天对鸡都有了新的认识。他们原来以为鸡没有耳朵，其实鸡有的。原来以为鸡没有智力，其实鸡也是有的。

翌日清早，欧滔天一下床就踩了一泡鸡屎。李薏十分母性地道歉说："对不起！"

李薏这么有风度，欧滔天的父性也油然而生，没有去惩罚小公鸡多佳。欧滔天郑重地接受了李薏的道歉，并且严肃地要求李薏首先要教育培养多佳的卫生习惯，一定要在短期内解决多佳随地大小便的问题。

李薏发誓要把多佳训练成为一只最优秀的小公鸡，像绅士一样风度翩翩，善解人意，绝不随便乱吃食物，绝不随地大小便。李薏认为，如果他们能够将多佳培养成功，那么就可以证明他们有抚养孩子的能力和耐心了。李薏请欧滔天与她一道关心和培养多佳。李薏开玩笑说你试试做一次爸爸吧。欧滔天对爸爸这个称呼很感兴趣,他说好吧,我来当爸爸,我这个爸爸不试则已,一试惊人。

从此,李荐或者欧滔天每天傍晚都带着多佳外出散步。只要下班回到了家里,他们两人都抢着和多佳说话。都耐心地指导多佳去卫生间方便。多佳只要做对了什么,就赏给它一把大米。多佳是一只先天素养很好的公鸡,在李荐和欧滔天的调教之下进步很快。多佳的进步给这个家庭带来了不小的快乐。

可是,正当多佳基本不再随地大小便的时候,欧滔天也对多佳司空见惯了,新鲜感消失了。朋友送给他们几张游戏碟,欧滔天立刻迷上了电脑游戏。欧滔天迷上电脑游戏之后,再也不管多佳了。李荐与欧滔天吵也吵过了,哭也哭过了,结果欧滔天还是千方百计地赖掉了带多佳散步的义务。李荐开始怀疑欧滔天这种男人是否先天缺乏对家庭的责任意识。如果是先天性的缺乏,那么将来的生活就完蛋了。

为了报复欧滔天，李菁也坐上去玩电脑游戏。不料，李菁也着迷了。当她打开游戏的时候还是在赌气。李菁要让欧滔天看看，不是什么人都会迷上电脑游戏的，也不是什么人都像他那么没有克制能力的。她李菁可以随时玩玩，也可以随时罢休。结果，李菁没有罢休。很简单，李菁没有意识到自己没有罢休。她只是要求自己能够成为赢家，赢了就不玩了，可是赢一把就要用去很长很长的时间，李菁不知不觉地陷进电脑游戏里头去了。每天下班回来，一旦在电脑前面坐下，必定一坐就是五六七八个小时。时间完全是不知不觉，一晃而过的。李菁和欧滔天不做饭了，他们都觉得没有时间做饭。他们下了班在外面吃了东西再回家，他们都想自己抢在他人之前回来，以便霸占电脑。小公鸡多佳，有一口吃的，没一口吃的。有时候被李菁和欧滔天完全遗忘，一饿就是一整天。多佳在明显地消瘦，腿脚也没有那么矫健了。

有一天晚上，多佳终于趴在李菁面前站立不起来了。李荟顿时感到了良心的谴责。李荟扪心自问：你，李荟，是否对家庭和他人有足够的责任感呢？自问的结果不言而喻，李荟对自己太不满意了。可怜的多佳有气无力地趴在她的眼前，李荟还能够拥有多少自信？

关于与邻居和睦相处的问题，就更加奇怪了。李荟原来以为他们养了多佳，每天带它出去散步，自然就会有邻居前来与他们搭讪。李荟多次发现有小孩子的妈妈们就是这样互相走近的。然而，邻居都用更奇怪的眼光看待李荟和多佳。邻居的狗对多佳也很不客气，有一次撵得多佳到处逃窜，飞上了顶楼。小区里面的猫对多佳也虎视眈眈，总是远远跟在李荟和多佳的后面蹑足潜行，伺机来一个饿虎扑食。唯独没有人对多佳感兴趣。李荟终于从人们的冷淡中猜出了欧滔天不愿意带多佳散步的原因了。欧滔天一定是为了逃避邻居不正常的冷淡，才躲在家里玩电脑游戏的。逃避是原因，迷上电脑游戏是后果。李荟觉得欧滔天有点可耻，因为欧滔天不敢对李薏暴露他的心理状态。李薏就不怕邻居的冷淡。普通的冷淡和特别的冷淡她都不怕。李薏不明白，根据他们小家庭的经济状况，综合他们的各种因素，养一只小公鸡有什么不可以？奇怪不奇怪？不奇怪。妨碍谁了？没有妨碍谁。李薏不明白这是为什么。她也不再想与欧滔天探讨了。欧滔天在对待多佳的问题上暴露出了他懦弱的一面，自私的一面和狡猾的一面，这一切真是令人心凉！

人们总是把李薏叫作李是，李薏对人们作了无数的解释也没有作用。有一天，李薏把她名字的解释从词典上抄了下来，贴在餐桌上方的墙壁上。欧滔天吃饭的时候，终于发现墙上有这么一段文字：

薏 shī 薏草，多年生草本植物，茎有棱，叶子互生，羽状深裂，裂片有锯齿，花白色，结瘦果，扁平。全草入药，有健胃作用，茎、叶含芳香油，可作香料。我国古代用它的茎占卜。通称蚰蜒草或者锯齿草。

欧滔天在反复默读之后，爆发出失礼的大笑，饭粒猝不及防地被他从口中喷了出来。李薯连忙把眼睛调开了。

欧滔天对李薯说："真的吗？你可以健胃，还可以占卜？"

李薯说："你连这都不知道？"

欧滔天说："我不知道。"

李薯说："你和我结婚两年了，却还不知道我的名字是什么意思？"

欧滔天说："我知道你这个人是什么意思就够了。"

李薯说："少回避主题！你应该把自己老婆的名字弄清楚的，应该在结婚之前就查查词典的。"

欧滔天说："我应该查词典吗？我认识这个字。"

李薯说："你少来！你不会认识这个字的，除了像我爸爸学的是中医，一般人都不会认识这个字。你一定也是叫我'李是'，一直都叫我'李是'，对不对？"

欧滔天说:"又钻牛角尖了吧,叫你'李是'又不是不对,又没有把你叫成张三。说到底,人的名字只是一个符号而已。"

李薯不说话了。欧滔天认输了。原来欧滔天也把李薯当作李是。欧滔天只要没有把她当作张三就行了,这是什么话?李薯的心里顿时布满了无边孤寂。

一个人的生活愿望和效果怎么是这样的呢?随着你的长大,随着你一步步涉入生活的深处,你就会感觉到有什么东西过来了。这个东西很像云朵底下的阴影,又很像山林中不知名的怪兽,悄悄地,蹑手蹑脚地朝你移了过来。有的时候,李薯的后背突然地嗖嗖发寒,脸颊上的鸡皮难看地凸起。但是李薯找不到那个东西。那个东西她看不见,摸不着,也说不出来。

就在这个星期天的下午,当最后的阳光就要离开李薯的窗帘的时候,李薯哇地大叫一声,她成功了!李薯闯过了最后一关,意外地当了英雄。李薯仰倒在椅子上,用手捂住脸,激动地流下了热泪。多佳受到了李蓍热烈情绪的感染,挣扎着站了起来,在李蓍的膝前跟跄地踱起小碎步,咯咯呻唤。李蓍被多佳打动了。她注意到了多佳的饥饿、消瘦和孤寂。获胜之后变得格外温柔的李蓍对多佳说:"对不起,多佳。现在我就给你开饭,饭后我带你出去散步。"

小公鸡多佳听懂了李蓍的话,它高兴地想要欢跳。

黄昏的时候,这个生活小区的人们在薄暮中看见一个穿牛仔服的女孩在散步,她的身前身后跑着一只瘦骨伶仃的小公鸡。女孩看上去就像女孩,不像是结了婚的女人。她瘦瘦高高的,腰很直,皮肤没有一点皱纹,头发如野草一般蓬乱,别着一个形状很怪的发卡。管理自行车的人对正在停放自行车的人们说:"她叫李是。"

有一个人开玩笑说:"她叫李四,我还叫张三呢。"

"她就是叫李是。"管理自行车的人坚持说。

有人问："那只鸡是怎么回事？"

管理自行车的人告诉那人说："那是她养的宠物。"

有人就说："宠物养鸡？现在的年轻人真是有病。"

人们打了一阵哈哈，又去说别的事情去了。

李菁没有听见别人对她的议论，但她有感觉。她深知她的黄昏散步，人们给予她的是什么。她似乎永远无法与人们融合和沟通。她是这个生活小区的另类。李菁索性乖僻地噘着嘴，目中无人地散步，大声叫唤多佳。她叫道："多——佳，多——佳。"

在小区的院子里，散步的李菁和多佳遇上了回家的欧滔天。多佳向欧滔天跑过去以示亲热，欧滔天在大庭广众下装出不在乎多佳的样子。李菁阴郁地盯着欧滔天。欧滔天要李菁回家吃晚饭。李菁说："我做成英雄了。"

欧滔天说："我早就知道了。一看你洗过脸梳过头了,我就明白了。"

李薏说:"你以为呢?我发誓再也不玩游戏了。我以多佳的生命发誓。"

欧滔天走在前面。他不会在楼道里与李薏争论任何问题。楼道里每一家的门窗都很单薄,一点不隔音,欧滔天会注意自己的形象,男人更关注外在的担心,就如女人更关注内在。李薏每一步都把楼梯踏得很重很重,因为欧滔天对多佳的态度很伪君子,她心里烦死了。

回到家里,李薏不进厨房,抱着多佳待在阳台上。欧滔天看了看李薏,决定自己下厨做饭。欧滔天下厨做饭,李薏就让他去做。欧滔天做好了饭,叫李薏去吃,李薏就去吃。简单地吃了晚饭之后,李薏继续坐在阳台上。她迷惘的目光随意地望着对面的楼房,多佳则在李薏的怀里打着甜蜜的瞌睡。这就是经常出现的家庭生活场面,寂寞得叫人无所适从。

好在欧滔天决定妥协。欧滔天过来了,站在李著背后，用脚踢了一下李蓍的屁股，李蓍回手掐了欧滔天一把，小两口的一次感情危机也就过去了。

欧滔天还在吃，碗还端在手里，身体靠在门框上，漫不经心的眼睛游动在前方。李蓍突然回头看了欧滔天一眼。欧滔天连忙点头，表示会意。这一点默契在他们之间还是存在的。李蓍指的是落在他们共同视野里的一扇窗口。这是对面楼房的一扇窗口，无数窗口中的一扇。这扇窗口以它华贵而炫耀的粉红颜色招惹了李蓍和欧滔天。他们已经无缘无故地议论这扇窗口两年了。欧滔天说这种窗帘用在娱乐场所更合适。李蓍则说带有淫荡意味的婚姻才是美满的婚姻。欧滔天说他真想看看这家的女人。李蓍报复说她很想看看这家的男人。不管怎么说吧，生活趣味是另外一回事情，这个家庭一定是个比较幸福的家庭。李蓍居然越来越羡慕这个家庭了。

意外的事情就是在这个时候突然发生的。就在对面的楼房前，路灯有限的光亮映照出一个晚归的男人。门洞前突然地乱了起来，几个人影在异常地晃动着。李薏腾地站了起来，俯身向前细看，她说："打劫吧？"

欧滔天说："还杀人呢。"

李薏说："啊，真的是在杀人！"

欧滔天扑了过来，说："别耸人听闻了！"

楼下的男人叫喊了起来："救命啊——"

男人的声音是一种极其不正常的声音，那种恐惧和失控在这密集的居民生活区显得如噩梦一般。男人放开喉咙叫道："有强盗啊——杀人啊——"

欧滔天扶好眼镜以便看得更仔细，嘴里一边咕噜："谁呀，开什么国际玩笑。"

这时候李薏已经断定一场谋杀就发生在眼前！谋杀！这是不行的！李薏倏地转身就跑了出去。欧滔天在李薏的身后一连抓了她几下，都没有抓住她。

欧滔天着急地叫道："李薏李薏！"

李薏跑下楼梯的速度简直是在飞。她的血液在紧张地滚动着。杀人！真是不可思议啊！就在她的眼前啊！李薏必须去制止这场谋杀！

李蓍的速度快得惊人,她是这个生活小区第一个赶到现场的。李蓍冲过来的时候大叫道:"嗨!嗨!"

三个杀人凶手看见李蓍冲过来便赶紧结束了厮杀。他们老练地朝着不同的方向跑掉了。李蓍只是因为不知道追赶哪一个凶手而迟疑了一刻。紧接着跑过来的男人们便按照李蓍指点的方向追赶了过去。垂死的男人拽住了李蓍的裤腿,男人浑身是血,含糊地说着什么。李蓍朝楼上喊道:"谁家的男人出事了!谁家的男人出事了!"

一个女人凄凄惶惶地出现在门洞里。一看见地上的男人就扑上来大哭起来。小区的人们陆续跑了过来。许多手电筒集中在一起,照亮了地上的男人和跪在他身边的女人。大家问道:"这是谁?是谁?"

跪着的女人哆嗦着,含糊不清地答道:"我们家是五楼的。救救他!请救救他!"

李蓍指挥道:"快,谁快打110报警。我去叫一辆出租车来送他去医院。"

李薔拔腿要走，这才发现她的裤腿一直被男人死死拽着。人们都吓了一跳。有人惊叫。有人鼓励李薔说："用力扯扯！用力扯扯！"

李薔的临场表现非常出色。她没有惊叫。她用力拔出自己的裤腿，跑步到小区外面的大马路上叫来了一辆出租车。副食商店的老板在李薔的提醒下打了110。出租车来到，司机一看现场就要退缩，他说："你们叫救护车好了，到处是血，事情又这么复杂，我担当不起。"

李薔说："你这个人怎么这么差劲啊！"

大家也纷纷说："不能见死不救啊。做人不要这样啊。"

李薔不管不顾地打开车门，抱起血淋淋的男人就往出租车里拖。人们连忙上前帮助李薔抬那个男人。女人已经吓傻了，跪在旁边对所有的人作揖。她不断地说："谢谢救命！谢谢救命！谢谢救命！"

李薔把男人的妻子也推进了出租车，同时还掏出了自己身上全部的钞票。李薔对女人说："到医院就得交钱呀。"

在李蓍的带动下,有好几个人都掏出了自己的钱。副食商店的老板主动替大家记了一个账。女人感激涕零,说:"李蓍,谢谢!谢谢!我们要加倍奉还的!一定的!"

这个女人居然知道李蓍。

出租车开走了。追赶凶手的男人们也气喘吁吁地回来了。一个凶手都没有抓到。没有抓到凶手的男人们都说这些凶手是职业的,训练有素,跑起来像奥运会冠军,根本不是一般人可以抓到的。原来欧滔天也加入了追赶凶手的行列。欧滔天扶着自己的腰眼,大口喘气,李蓍一身的鲜血让他惊慌不已,"你怎么一身的血?哪里受伤了?"

李蓍说:"是别人的血。我没有事。"

人群里有人说:"今天李蓍很了不起啊!"

大家热烈地附和说:"是啊是啊,李蓍见义勇为啊!"

原来大家都知道她是李蓍。

副食商店的老板豪爽地说:"来,来,我请大家喝饮料。"

由于李薔的突出表现,她成了解释谋杀过程的唯一权威。李薔被人们簇拥来到了副食商店门口,老板端了椅子过来让李薔坐下休息。副食商店老板好像早就是李薔的朋友一样把"李薔"的名字亲切地说来说去。有人嘲笑副食商店老板,说:"谋杀就在你隔壁发生的,你一个大男人居然装着没有听见,倒是人家住在对面楼上的李薔先听见了。"

副食商店老板解释说:"哪里。我听见了。我以为是哪个男人被老婆打得喊救命呢。"

女人们统统朝副食商店老板嘘起来,说:"算了吧,净瞎编,我们小区哪里有老婆把男人打成这样的!"然后女人都朝李薔亲切微笑,说:"还是女人比较勇敢和正直吧!"

李薔为所有的女人争光了,所有女人都为李薔感到自豪。

生活小区的谋杀案惊动了几乎整个小区的人们。

越来越多的人来到副食商店门口。紧邻副食商店的门洞前，地上有一大摊形状不规则的鲜血，大家围观着，骚动着，议论着。空气紧张，人人自危。被杀的男人谁都不认识。就是他们家楼上楼下的邻居也从来没有与这一家人打过任何交道。这家的男人早出晚归。女人好像从来不会在大家上下班的高峰时间出门。多亏居委会的人到了，他们的分析比较能够稳定大家的情绪。因为只有居委会因为收费的问题才能深入每家每户。原来这一家的房东早搬走了。这套居室出租给了一个公司的老板，也就是这个谋杀案的被害者。这个老板冒房东之名居住在这里，五十出头的年纪，有一个年轻的广东女子长期与他同居。也就是方才那个丧魂失魄的女子。从两人的年龄差距和甜腻的感觉来看，不太像是正常夫妻，正常的夫妻就应该像李薯和小欧这样。居委会干部们的最后一句话让大家都笑了起来。李薯这才发现这个生活小区的人们不仅知道他们的姓名，还知道他们的状况。他们才像正常的夫妻吗？这是值得李薘好好想想的问题了。

副食商店的老板猛拍了一下脑袋，咋咋呼呼地说："我说嘛，刚才我就是觉得哪里不对劲，原来那个女人说的是广东普通话。"

大家就都说："哦——"

遭到谋杀的是一个做建筑材料生意的老板，是过着隐秘生活的神秘人物，身边有神秘的年轻女人，这就对了。事情顺理成章了。谋杀的危险是他们的，不是正常家庭的。

大家的议论逐渐地轻松活泼起来了。大家把被谋杀的男人称作老板，把他身边的女人称作小姐。这时警车呼啸而来。警察要询问情况，大家都把李薘往前让，都说："这是李薘，是今天救人的英雄。"

自行车管理员特意提醒警察不要写错李薘的名字。他说："李薘，不是那个一般的是，是那个复杂的薘。"

大家笑了起来，故意问："是哪个复杂的'是'啊？"

欧滔天面对警察很紧张,无故结巴起来,说:"蓍,蓍,蓍是一种草,草草字头,下面一个老,老字,老字下面一个日,再一个日。"

警察听得笑起来,说:"哎呀好了,别什么老啊日的了,这么单纯的女孩取一个这么复杂的名字做什么?八成是一知识分子!"

大家就说:"是的,是的,大学毕业生。她还养了一只宠物鸡,名字叫多佳。"

李蓍脸红了,对警察说:"多佳就不用记录了吧。"

警察说:"鸡就不用记录了。"

鸡又是复杂的双关语,人们便又哄地笑起来,热闹地插嘴说:"李蓍的鸡是真正的鸡,要是别的鸡恐怕还是要追查一下的好。"

这里正热闹,广东女子回来了。副食商店的老板用轻慢的语气叫道:"小姐哪——人怎么样了?"

广东女子说:"还在抢救。还没有脱离危险。"

大家都与广东女子很有距离,都用异样的眼神看着她的一举一动。广东女子暴露在副食商店的灯光下，很萧瑟的样子。她明显觉察到了四周的鄙视与嘲弄，无法不萧瑟。

广东女子的确很年轻，好像和李薷的年纪差不太多。

警察问："你是被害人的什么人？"

广东女子低下了头，小声说："女朋友。"

警察问："你和他在同居吗？"

广东女子更低地点头。

警察声音总是洪亮，大声问："你们在这里同居了多长时间？"

广东女子嗫嚅："四年多。"

"大声点！同居几年？！"

"四年多。"

人们都很配合警察的态度和语气，清晰地听到了"四年多"以后立刻发出了哦的一声叹气：原来眼皮子底下有这么不正常的关系，还被隐藏了这么久啊！

警察把广东女子带上了警车,她必须去派出所接受询问。

剩下的人们都傻了。这对危险人物在这个生活小区居住了四年多,居然没有被大家看出蛛丝马迹。很长时间没有说话的李薯指着五楼那扇粉红颜色的窗口问道:"他们住这套居室吧?"

好几个人抢着回答李薯,说:"就是就是。"

李薯找到欧滔天的目光。他们对视了一眼,都明白了彼此的意思。然后李薯让欧滔天搀扶她回家休息。李薯上楼的时候腿忽然软了,没有力气了。人们让欧滔天将李薯背上五楼。回到家里之后,欧滔天替李薯脱下了血衣。李薯看见自己的血衣,害怕得直发抖。欧滔天柔情似水地照顾李薯,对李薯充满了新的认识和新的赞赏。

欧滔天说:"李薯呀李薯,你真是一身正气呀!你怎么不怕死啊?"

李薯好久说不出一句话来。最后说出来的话是关于那扇窗口的。她说:"欧滔天你知道吗?原来我一直在暗中羡慕这个家庭的女主人。"

欧滔天笑得咯咯响。他幸灾乐祸地说："那不是一个家庭。那也不是一个女主人。"

李薏万分感慨，说："是啊。生活怎么是这样的呢？原来我还以为人们都不知道我们，可他们什么都知道。生活怎么是这样的呢？"

欧滔天深有同感地说："是啊。这一切真是没有想到的。"

第二天，李薏一直睡到了上午十点多钟才醒来。这一天有很好的太阳。李薏一起床就拖着鞋子来到了阳台上。她要看看对面楼房的那扇窗户。那扇窗户洞开着，没有粉红色的窗帘了。警察在屋子里头忙碌着。一群好事者还围聚在楼下的门洞里。自愿犒劳李薏的欧滔天提了两手的好菜回来了。进门他就说："李薏，告诉你，那人死了。"

李薏说："我操他妈的！这就死了？"

欧滔天说："死了。"

李薏说："生命也太脆弱了吧？"

欧滔天说:"是啊,太脆弱了。"

李薯说:"那个女人呢?"

欧滔天说:"不见了。"

李薯说:"什么意思?"

欧滔天说:"我也不知道什么意思。听大家说,她从派出所回来之后,就不见了。"

李薯说:"不见了。"

李薯这一天没有再说什么,闲话少极了。

李薯的生活来了一个巨大的变化。这个生活小区的人们都知道她叫李薯了,自行车管理员也不再写错她的名字了。李薯带着多佳出去散步,谁的狗追撵多佳,谁就会责备自己的狗。猫们也因为主人的呵责收敛了对多佳的野心。李薯喝饮料买日常用品,副食商店的老板总是不肯收她的钱。李薯与大家就像一家人了,经常有人来借他们的自行车用用。走到哪里,总是有人叫李薯的名字。OK,一切都没有问题了。

可是李薯又陷入另一种迷惘之中,她想:为什么有人在你周围生活了四年你却从来没有发现他们？是不是在有人希望获得承认和注意的同时，也有人希望获得逃匿和隐蔽呢？

李薯问欧滔天："你说这是为什么呢？"

欧滔天说："是啊，这是为什么呢？"

李薯说："为什么大家觉得我们像夫妻而他们不像呢？"

欧滔天说："我不知道。"

李薯说："因为他们比我们亲密吗？"

欧滔天说："我说不准。"

李薯说："我这才懂得生活其实是很复杂的。"

欧滔天说："这是一句老话。"

李薯说："可这话对于我是崭新的。"

欧滔天妥协地说："好吧。"

欧滔天很快就回到电脑上面去了。他炒股炒得非常专注，赚了一点小钱就讨好地送李薯礼物，对李薯日常的态度也迁就多了。但是不知怎么搞的，欧滔天对多佳视而不见了。教育和培养多佳自然而然地成了李蓍的个人行动。李蓍居然一直顽强地坚持着对多佳的责任。小公鸡多佳的羽毛逐渐丰满了，它总是亦步亦趋地跟在李蓍的身边。仲夏来到的时候，小公鸡多佳开始打鸣报晓了。可是多佳的打鸣报晓，对于人类并不是什么好事，它叫得太早了，也叫得太响亮了，邻居投诉不少。李蓍准备带多佳去做阉割手术，欧滔天表示同意。应该说，在多佳身上，李蓍的坚持还是比较成功的。由于多佳毕竟只是一只公鸡，由于公鸡很少被人作为宠物，一般人还是觉得李蓍有一点怪怪的。李蓍呢，在谋杀案发生之后不久，一双眼睛又开始充满颓废感，人肯定是变得与以往有所不同，怎样不同？谁也说不出来。

（发表于1998年第1045期《文学报》）

一夜盛开如玫瑰

现在走过来的是苏素怀。苏素怀是从夜色里一点一点浮现出来的。朦胧中她是一个模糊的女人,高高的身体倾斜着,厚而且硬的背带牛仔长裙挟着她,抹杀了她所有的轮廓。仔细看的话,她似乎有一点跛。其实她不跛。毫无疑问苏素怀是一个很有地位很有名气的人,遗憾的是她却也还是与普通人一样禁不起细看。

苏素怀是从她供职的某大学的夜色里走过来的。

这是全校最宽敞的大路。这条大路在遮荫树和一串红的装饰下，很有品位地伸向大街。苏素怀公开说过她非常喜欢这条大路，以至于就有崇拜她的大学生不断地为这条大路写散文。校长简直高兴坏了，便一再耸人听闻地断言：苏素怀只剩下走向诺贝尔化学奖的领奖台这一条路了。几年下来，苏素怀做人也就做成了正在奔诺贝尔奖的楷模模样。

现在苏素怀过来了。在行走的苏素怀的脸上，表现出来的是一种智慧与冷峻的颜色和线条。这些颜色和线条实质上是由肾虚、经淤和内火所导致的色素斑、粉刺以及皮肤皱纹所组成，只是大家都不愿意从表面看待苏素怀而已。一个女人的内涵要比外表重要得多。许多有阅历的人都这么认识问题，苏素怀自然也是这么认识问题。一个年轻的女人，在这个男性的世界里，做到接近里程碑的这种地步，她容易吗？只有苏素怀最知道自己是何等的不容易。所以，无论是白天还是夜晚，苏素怀永远是智慧与冷峻的。

现在苏素怀越来越近了,她的脚步声也十分清晰了。只能再次遗憾苏素怀的脚步声也是比较大众化的脚步声,有一点沙哑,有一点拖泥带水,后跟没深没浅地磨蹭着地面。有着这种脚步声的女人肯定是没有修长笔直且富于弹性的双腿的。苏素怀深知自己有着什么样的腿,所以即便是在大冬天,她也坚持穿裙子。苏素怀背着一只装满了书籍的方包,怀里抱了几份讲义稿。方包的沉重使苏素怀的一只肩膀耸得太高,而她三十五岁的小腹已经开始堆积脂肪,球状的脂肪撑开了牛仔裙前面的扣裆,扣裆里面的白色毛衣不知羞耻地膨胀了出来。女人的小腹是何等重要苏素怀也是知道的,她什么道理不懂?但是苏素怀名声越大,她需要照顾的也就越多,近来也经常地顾此失彼了。有几个女大学生与苏素怀擦肩而过,她们发现了苏素怀小腹上的破绽。女大学生们暗地里互相碰了碰肩,害臊地低下眼睛,走过之后她们才哧哧地笑起来。在苏素怀这里,她有自己的判断:她知道这些女大学生认出了自己,她们露出窘态是由于敬畏自己而不知所措。苏素怀非常自信地行走着,在她的脸上,当然,表露出来的是永恒的智慧与冷峻。

现在是夜晚十点过五分了。路上行人渐走渐少。初冬的微风乍起,吹动了马路边聚集的落叶。落叶轻快地滚过苏素怀的裙边,发出充满个人激情的悄声吟唱。苏素怀着意地看了落叶一眼,肉体深处不知哪里悸动了一下。突然,苏素怀意识到,原来她是独自一人在行走!她怎么会独自一个人呢?那些围在她身边的人一下子都到哪里去了?苏素怀抱紧怀中的讲义停顿了一刻,前后左右看了看。苏素怀再一次地确定自己的确是独自一人。苏素怀真的是万分讶异,百感交集,她的脑子里面咕隆一声就冒出了别的想法。她不无刻薄地评判着她平日身边的热闹。她想:人们热闹地围绕在她身边的目的是什么呢?真的仅仅是因为她的优秀?还是为了证明他们自己的优秀?苏素怀用脚尖拨弄着脆薄的落叶,心里酸得如小女人一般:她既然如此优秀,为什么在她离婚之后就再也没有男人追求她？为什么在一个偶然开会开得晚了的夜晚，她的身边竟没有一个送她夜归的人？苏素怀有一点赌气地想：好好好！独自一个人很好，这真是难得的清静！

现在，一贯坦然大方，举止得体的苏素怀陷落在阴暗的心态里面了。她很是悲凉地窃问自己：我难道是一个又丑又老的女人吗？苏素怀摇晃着头，暗自笑了笑，兀自地发出了声音："不！"

现在，苏素怀走到了路边的树影里，从她的方包里面取出了御寒的披肩。这是一条具有苏格兰民间风格的大披肩，苏素怀出国访问的时候，一时冲动地购买了它。三个冬天过去了，苏素怀却一直把它揣在方包里没有办法拿出来使用。在这个学院里，苏素怀无论如何也使用不出有失凝重的饰品。今天夜里，独自一人，苏素怀心横了：今天夜里她偏要戴一戴它！

苏素怀戴上了宽大鲜艳的苏格兰披肩，披肩的流苏垂在她的腰间，款款地扭动。苏素怀在灯光下看见自己的身影平添了好几分婀娜。在这闪念和顾盼之间，苏素怀就已经错过了通向她的公寓的岔路口。苏素怀好像不认识自己的公寓了似的，可她同样也不明白自己走出学院要去哪里。苏素怀有一种不太明确的感觉，她一个不当心，脚底下便悄悄地滑开了。一切都是猝不及防的。

现在苏素怀来到了大街上。大街上的自由气息扑面而来：路上的行人已经不多，这些稀疏的行人互不相关地各赶各的路，好像笃定远方有人在等候他们；打了烊的百货公司门口有一对拥抱的情人，他们安静忘我得活像一尊石雕；一辆两辆的人力三轮车讨好地游弋在人行道上；机动车道上的车辆嗖地过去嗖地过来，全是事不关己，高高挂起的态度。苏素怀在大街上很是舒坦地走了一阵子。在苏素怀享受过自由自在的感觉之后，她开始寻找此行的目的。她想她大概应该打一辆出租车过江到汉口去，看看那间在他们离婚之后被锁起来的空房子？或者回家去看看父母？大街上的苏素怀，裹着苏格兰披肩的苏素怀，就这么犹豫着，踌躇着，再三回望校园而不甘心迈步，路灯把她的影子摇来摇去，俨然一个凄楚的女大学生徘徊在人生的旅途。

一辆已经从苏素怀身边开过去的红色出租车又大胆地从人行道上开了回来。这辆在深夜里违反交通规则的出租车戛然刹在苏素怀身边。按说苏素怀应该吓一大跳，然而不知为什么她没有被吓住。苏素怀只是并住双脚，裹紧披肩，饶有兴致地看着从车窗里探出头来的司机。司机是一个男人。苏素怀首先注意到的是男人穿一件质地很好的黑色皮夹克，他头发不少，块头不小，模样不俗。苏素怀为自己居然有着如此世俗的眼光感到了一种快活的羞耻。

司机看见了苏素怀的眼神，好像很是拿得准她似的说："你好。"

苏素怀腼腆地仓促回应道："你好。"

司机以一种生气勃勃的动感从驾驶室出来，为苏素怀拉开了车门，用一种恭谦而又不失霸气的态度说："小姐，上车吧。"

苏素怀立刻就被司机这种自信的态度击昏了，她想：这才是男人呢！

苏素怀身不由己地提起了裙子，她那被伺候被支配的愿望不知从哪里突然流泻了出来，理智可怜地挣扎在纷乱的情绪边缘。苏素怀犹疑道："我很远。我想过江。"

司机含着自信的微笑说："我可以带你到海角天涯。"

司机的语气里带着一些调侃的意味，却实在是弄皱了苏素怀波澜不惊的心湖。她得承认自己一直都是很想要这种话的，可等到今天怎么由一个陌生的出租车司机说出来了呢？

不管怎样，今天夜里，苏素怀注定是逃不过去的了。苏素怀垂下头，提起裙子上了出租车。她披肩的最后一缕流苏挂在车门的缝隙里，出租车司机用他的手指把流苏托了出来，让它们轻轻滑落在苏素怀的大腿边。苏素怀无言地看着这个细节，又一次地被击中。她感到她被击中的地方涌出一股温热的液体，接着她的眼睛湿润了。

现在苏素怀飞了起来。她的身边是出租车司机。他们在并肩飞翔。苏素怀的披肩戴至眉际，围住两腮，她透过苏格兰风情的纺织物露出来的，是一双湿润迷蒙的眼睛和瘦瘦的小脸。苏素怀矜持地端坐着，揣在怀里的手握着两手心的汗。苏素怀完全变了一个模样，她今夜拥有了一种小羊羔一般的迷人情调。

现在他们开始聊天。

司机主动说话："你是走读的研究生吧？"

司机犯的错误都是比别人有趣的错误。一般人总喜欢问她：你是做什么的？苏素怀老是被这种毫无幽默感的问题问得失去了幽默感。

苏素怀回答司机说："为什么不猜我是教授？"

司机说："我愿意祝福你，但是你才多大一点。说真的，你多大？"

苏素怀像女大学生那样反问："你看我有多大？"

司机打量苏素怀，很快就得出了他的结论："我看你最多二十五岁。"

今夜里苏素怀没有能力拒绝司机曲折的恭维。她狡黠地说:"如果要让我猜你的年龄,我会猜你有五十二岁。"

司机乐了,他说:"好聪明的姑娘!"

苏素怀:"你这是在骂人。"

司机说:"天地良心,这是新社会了,女子无才便是德的传统说法过时了。"

苏素怀说:"你还知道女子无才便是德?按说你就不应该做这一行了。"

司机说:"据说大学里净是比较丑的女大学生,可你还待在大学里干什么?"

苏素怀说:"那我也许就不是女大学生。"

司机开怀大笑,说:"妈的,那我一定也不是出租车司机了。"

这个出租车司机是一个充满了雄性气息的男人。他的言谈举止和动物一样勇猛果断,可爱的莽撞里处处暗藏机智。这才是男人呢!苏素怀再一次暗自感慨。这种男人与苏素怀身边所有的男人都不一样，几乎所有的男人一遇到苏素怀就内敛和谦让，只有这个司机，见面伊始就对苏素怀进行了无声的扩张和侵略。女人在某一种状态下是希望被扩张和被侵略的，今夜的苏素怀就坠入了这种状态。所以，当司机扭头注视苏素怀的时候，苏素怀用一种崭新的大胆目光迎接了他。就在这个时候，一件意外的事情发生了。

当司机已经把车开过了长江大桥直逼江汉一桥的时候，他突然发出一声极为懊恼的叫喊。司机这才想起来，今天他的车是不能过江汉一桥的。由于交通拥挤，这一段时间的车辆过桥分单双号。今天是单号，但是他的车牌号码的尾数是双号。所以今夜他只能把苏素怀送到江汉一桥的桥头而不能够送到汉口。苏素怀一听这话，竟然完全控制不了她的巨大失望和满腔的惆怅，她望了司机半响，眼睛一暗，把脸扭向窗外。紧接着，她拍了一张百元大钞在驾驶台上，右手就去开门下车。司机拽住了苏素怀的胳膊。司机说："小姐，好大脾气。可我是为了你。如果不考虑你，我会冲关的。这么晚了，又没有什么车辆，他们不让我过去是不近人情的。"

苏素怀对司机说了一句她自己都不敢相信的话。她说："那就冲关！"

司机的眼睛射出了比钻石还要强烈的光芒。司机说："我可要带着你冲了！"

苏素怀说："冲吧。"

司机说："如果被他们抓住而你又不愿意让老师知道，你可以冒充我的家属。"

苏素怀傲慢地保护着自己的自尊心，她说："不胜荣幸之至。"

这个司机是不让苏素怀赢的，他说："不胜荣幸之至的应该是我。"

这也是苏素怀愿意听的话。其实她在很多时候喜欢男人比女人强。可大家一直都以为苏素怀在任何时候都要强过男人。这个司机是苏素怀天生的知己。

现在，他们开始冲关了。司机为苏素怀系好了安全带，苏素怀将苏格兰披肩再一次地裹紧，探出一双准备冒险的眼睛。苏素怀的双眼因为准备迎接冒险而如海上日出，熠熠闪光，美丽非凡。司机精神抖擞地打开了车内的音响，他挑选的是美国摇滚歌星杰克逊狂放的号叫。苏素怀的心脏立刻激越如鼓点。

就在出租车加速的那一刻，苏素怀意识到了自己在做一件非常非常不符合自己身份和年龄的事情，一件她绝对不可以做的事情，她脱口而出地叫道："不——"可她的声音表达出来的却是无比的兴奋。在轰鸣的摇滚乐中，苏素怀睁大了眼睛，她看见整个世界突然在他们面前横了过来，刷刷刷地后退，它们是通亮的楼房窗口，闪烁的霓虹灯，老粗的水泥柱子，庞大的钢铁支架和交通警察惊愕的脸庞。这真是惊世骇俗的一刻啊！

现在，仿佛已经过去了一个世纪。出租车在汉口的一个小街道上停了下来。司机关掉了音响，古往今来一片静寂。苏素怀听见自己一声娇弱的嘘气声从很遥远的地方响起,不知怎么的,苏素怀的手就与司机的手握在了一起。他们的两只手握得紧紧的,火热而潮湿。他们把不可思议的结果激动地告诉对方:"我们成功了!"

现在,苏素怀的苏格兰披肩滑落了下来。苏素怀正要紧张地去抓那披肩,司机制止了她。司机把苏素怀整个地笼罩在了他专注的神往的眼睛里。苏素怀能够毫不费解地感受到司机对她的深刻欣赏。生怕自己不够漂亮的苏素怀燃烧起来,整个人明净透亮,头发也在悄然舞动,海草一般曼妙。

司机拿出一瓶矿泉水,有力地拧开了瓶盖。他把矿泉水送到了苏素怀的手里。苏素怀喝了几口水。司机接过了矿泉水。他举起矿泉水瓶向苏素怀致意了一下,然后把刚才苏素怀的嘴唇贴过的瓶口放在了自己的嘴唇上。司机在喝水的时候眼睛依然专注地看着苏素怀。司机大胆而明确的表示终于使苏素怀害怕了,她准备逃跑,她摇下车窗玻璃,把头伸了出去。寒冷的夜气好像是一记强劲的耳光，猛然抽打在苏素怀的脸上。

然而司机在苏素怀的身后极其温和地说："把头收回来吧。我要开车了。"

苏素怀只得顺从地把头收了回来，但是她开始为自己对司机心甘情愿的服从感到不安。司机提醒苏素怀说："我把车开到哪里去？你一直没有告诉我确切的地址。"

苏素怀顺从地说了一个地址，但这不是她真实的地址。在她告诉司机假地址前一瞬间，她狠狠地掐痛了自己的大腿，她提醒自己：他只是一个出租车司机而已！

现在，司机把苏素怀送到了她的假地址。这里四下无人。路边是一家百货商场。司机替苏素怀开了车门，把自己的手递过去，从出租车里扶出了苏素怀。苏素怀的腿却软得一时间走不了路。她站在百货商场巨大的拉闸门前，身体靠着廊檐的柱子。她快要哭出来了。她艰难地对司机说："你走吧。"

司机把苏素怀放在出租车助手座上的车费拿了过来。他走近苏素怀，把钱塞进了苏素怀的方包里。苏素怀毫无力量阻拦司机。司机非常认真地对苏素怀说："我想告诉你的是，其实我平时不是这样的，在遇到你的前一刻我还不是这样的。我平时是一个非常谨慎的人。所以，对你，我只有由衷的感谢。"

苏素怀的身体已经非常不听她使唤地哆嗦起来。

苏素怀满怀感动地说："其实我也是。"苏素怀还想坦白地忏悔自己刚才的谎言，可她哆嗦得继续不下去。

司机先是把他温暖的大巴掌放在苏素怀的肩上抚慰她。接着，他把苏素怀拥到了他的怀里。苏素怀在被动了一刻之后，冰雪融化，热烈的眼泪纷纷泼洒，她的双手慢慢地插进司机的皮夹克，缠绕住了司机健壮的腰。他们接吻了。这是很长很长的很深入很深入的一个亲吻。苏素怀此前的人生从来就没有过。

长吻之后，他们交颈喘息。这个时候司机柔情地询问了苏素怀的名字。苏素怀是想说真话的,可是出口便说出了"李兰兰"这个名字。苏素怀被自己又一次地说出假话吓得倒抽了一口冷气,但是她实在没有勇气去纠正自己的第二次谎言。好在司机沉醉在温柔之乡,一点警惕都不再存在,他赞美苏素怀的假名字说:"这是一个正如我想象中的名字。"接着司机用他的真诚回报了苏素怀,他告诉了苏素怀他的名字以及电话号码。司机说他名叫秦文伟。苏素怀怀着强烈的歉意乃至不惜讨好地赞美了司机的名字。她说:"你的名字才是一个名副其实的好名字。"

现在夜已深沉,苏素怀和司机分手了。在司机就要进入车门的最后一刻,苏素怀跑了上去,给了司机一个真实的承诺以期弥补自己的过错。苏素怀说:"我会给你打电话的。"

司机对苏素怀扬了扬手。夜色对苏素怀缓缓垂下帷幕,红色出租车很快地消失了。

现在,是第二天上午了。明亮的阳光残忍地把苏素怀从她与前夫的婚床上唤醒。苏素怀腾地从床上坐了起来,冒了一头的冷汗。苏素怀神经质地用手指不断抹着额头。她想:一切都是多么荒唐啊!对方是一个出租车司机啊!况且是萍水相逢啊!苏素怀有一点吓坏了。她赶紧胡乱梳洗了一把,偷偷摸摸地溜出门,钻进一辆出租车就埋头装瞌睡。出租车一直开到她们学院化学楼的实验室门口,苏素怀把自己飞快地藏匿在了实验室里。

现在,苏素怀慢慢地安定下来了。苏素怀的生活中并没有出现那个出租车司机寻找和纠缠她的任何迹象。可是一旦确认没有那个出租车司机出现的迹象,苏素怀反而心神不宁起来。当苏素怀正常地受人尊重和爱戴地生活了若干天之后,她以她必须做一个信守诺言的人为理由拨打了出租车司机的电话。结果,事实很残酷:首先,司机给苏素怀的电话号码是一个假电话号码;其次,出租车司机的名字也是一个假名字;还有,本市根本就不存在那样一个出租车司机。苏素怀从来没有花费如此巨大的精力和心力去暗中寻找一个人，而且是一个与她萍水相逢的人。苏素怀简直被这个人气坏了。更为难堪的是，苏素怀所受的欺负永远无法对人诉说。就是这样，苏素怀这么一个年轻有为的女教授突然发生了她人生的第一次崩溃，她看见空气中充满了玻璃纤维，因此她拒绝呼吸。一个人怎么可以拒绝呼吸呢？苏素怀就是可以。她惊人的毅力差一点断送了她自己的生命。为了强迫苏素怀呼吸，大家只好把她送到了精神病院。所有认识和知道苏素怀的人都感到无比震惊，大家谁都忍不住要问一个为什么。于是有人出来充当上帝，他们对人们解释说：这就是命。对于苏素怀来说，她已经彻底地懒得理睬这些俗人了。

（发表于1999年第1期《作家》）

请柳师娘

初春的一天，丝绸商人李裕璧从汉口悦新昌绸布商店出来，迎面遇上了青年学生的游行队伍。街上哄然大乱。商店里面的人都涌出来看热闹。

李裕璧在队伍的最前列看见了他的女儿李玉洁。李玉洁正好也一眼看见了她的父亲。十九岁的大姑娘在最初的瞬间红了一下脸，下意识地要把自己的胳膊从身边男青年的胳膊弯里抽出来。在她还没有抽出她的胳膊之前，她现实的理智已经恢复，便破釜沉舟地挽着那个男青年走到父亲面前来了。李裕璧就这么看着女儿走过来，他有一点儿不认识女儿了。三个月不见，他发现女儿有了一种新的姿态：沉着，踏实，一门心思，义无反顾，傻傻乎乎。李裕璧猜测女儿身边的男青年一定就是她与他们闹僵的原因所在了。

在汉口最繁华的街道上，这个男青年一点不出众，他瘦小，肤黄，额头过早地生了皱纹，一看就是贫苦人家的孩子。李裕璧很自然地把他与自己的未婚女婿柳书城作了一番比较。柳书城高大威猛，是一个年少有为的青年军官，当他换上长衫的时候，儒雅清秀得简直如玉树临风，哪怕从背后去看，也可以一眼看出是一个好人家的子弟，哪里是眼前的这个男青年可以相提并论的。显然女儿是要为这个男青年而悔掉与柳书城的婚约。李裕璧这就怎么也闹不明白其中的道理了。十九岁的大姑娘了，做事情多少得有一点道理，何况是她自己的终身大事。李裕璧做丝绸生意多年，下上海，上重庆，跑广州，也算见多识广了，因此还是比较开明的，女儿希望读书，他支持女儿，女儿希望上教会护士学校，他也支持女儿，与柳书城的婚事，也是首先征求过女儿意见的，是女儿自己明确表示愿意与柳书城订婚的。李玉洁一向是一个沉静的姑娘，生得白皮细肉，清秀高挑，眼下是圣玛丽护士学校即将毕业的学生，不久就要穿上白色的护士服，在教会医院静静的长廊里，端着药盘，轻快地走动——这的确是一个姑娘家的美好前景。在李裕璧家里，全套的嫁妆早就备齐，只等挑选黄道吉日了。目前社会上最时髦最流行的欧式婚纱，也从法国不远万里来到了武汉，是柳书城的母亲柳师娘费了很大的周折，托朋友从法国订购的，李玉洁曾经为此兴奋得差点昏过去。可以预计，只要李玉洁穿上了这婚纱，步入的将是终身的富裕和美好。可是，李玉洁怎么说变心就变心了？

十九岁的姑娘还是太天真幼稚了，只有像李裕璧这种经历过半百人生的人，才能够懂得轻松与安宁、富裕和美好是何等的来之不易。十九岁的女孩子她不懂，并且她还不乐意懂。可是她将来总是要懂的。将来懂了，一切都来不及了。因为年龄的关系，父亲总是可以看见女儿看不见的人生错误，这是让做父亲的人很难受很憋气的事情。年龄只是一个时间问题。也就是这个时间问题，它能够阻碍一个人对未知年龄的认识。自己没有到达和经历的那个年龄，总是让人看起来很可笑，实质上一点不可笑，只有十分的可悲。可悲的是年轻人无法意识到这一点。李玉洁无法意识到这一点。她一定认为父母是封建的，古板的，虚荣的，自私的。所以，李玉洁还没有与父亲交流，就是一副破釜沉舟、拒绝交流的神情了。

李玉洁手挽着与她极不相配的男青年，一步一步地朝她的父亲走过来了，眼睛里充满的是敌对情绪。李裕璧等于是亲眼看着女儿走进了一个不可逆转的错误里面。这是令人心碎的时刻。李裕璧的心脏因为这种突然的刺激发生了一阵失控的乱跳。他头部一阵沉重和眩晕，差一点要失态。到底，李裕璧硬撑住了自己。他将双手反剪在身后，挺立在悦新昌的台阶上，任街道流窜的冷风旋动他长袍的衣襟。

女儿将男青年介绍给了李裕璧。女儿和男青年都说了一些话。由于市声的喧嚣和身体突如其来的不适，李裕璧没有完整地听见两个年轻人说的是些什么。男青年声音比较洪亮，好像在解释他们为什么游行示威。好像说某师范学院饿死学生了。好像说他们学生运动的主旨是反饥饿，反内战，反迫害，救国救民，等等。李裕璧的听力模糊，观察能力却异常清晰，他发现的是女儿对这个其貌不扬男青年的狂热崇拜。李裕璧还发现，这个其貌不扬的男青年，一开口说话，人就生动起来了，他语调铿锵，语气不容置疑，眼睛里燃烧着一种执着的信念。这种执着的信念使男青年目光凝聚，灼灼有神，似乎能够点燃一把火。李裕璧似乎明白了许多。像这种男子，是能够迷人的，他们靠性格迷人。他们尤其能够迷惑在富裕安静的家境里长大的少女，因为这种少女的生活太过平静，最容易的就是受到激荡。柳书城的眼神就不能与这个男青年相比了，柳书城是漠然和闲散的。混乱的时局还常常使柳书城露出茫然不知所措的表情。虽说人生暂时的茫然谁都会发生，不幸的是，柳书城不应该在李玉洁十九岁的这一年表现出他的茫然。李裕璧就此知道，他女儿与柳书城的婚约算是彻底破灭了，一切都无可挽回了。父母与女儿三个月的僵持毫无意义，姑娘一旦变了心，用火车车头都是拉不回来的了。李裕璧什么话都不再说，只是温和地朝女儿和男青年摆了摆手，示意他们回到游行队伍中去。李裕璧看见剑拔弩张的女儿忽然松弛了下来，对他露出了感激的微笑。

  李裕璧回到悦新昌的店铺里面，静静地坐了一刻，喝了一杯热茶。满目的绫罗绸缎再也安慰不了他。这些绫罗绸缎是他的最爱。在他这半辈子里，几乎任何时候，绫罗绸缎都是他的呼吸与生命。遇上什么不顺心的事情，他喜欢凝视它们，抚摸它们。它们的奇光异彩能够照亮他心中任何晦暗的角落。最初，它们是李裕璧从父辈手里继承下来的生意。他把它们当作他的饭碗、财富和立身之本。逐渐地，做这生意的时间长了，绫罗绸缎与金钱财富之间有了本质上的区别。在李裕璧眼里，绫罗绸缎本身的华美便拥有其他许多的意味。绫罗绸缎是多么漂亮，多么润滑，多么高贵啊。可是现在，内战打得昏天黑地，物资极度匮乏，老百姓都没有饭吃了，大学都饿死人了，大街上一行一行都是游行示威抗议的队伍，人心都被搅得乱乱的。如此雅致的悦新昌绸布商店，太太小姐们也是神情慌张，还没有坐下来就跑出去看游行去了。现在到底还有多少人可以穿着和欣赏绫罗绸缎呢？没有多少人了，乱世是容不下好东西的了。绫罗绸缎和女儿的美满婚姻，大约都不是在这个社会里能够安然存在，并且安然成长下去的东西。一个不可知的，充满了坏的预感的将来，在1948年初春的某个时刻，突然很具体很庞大地生长了出来，严重地败坏了李裕璧生活的信心，也严重败坏了李裕璧对绫罗绸缎的情感。李裕璧对于绫罗绸缎最后的抚摸，显得是那么软弱，苍白而萧瑟。

不由人支配的将来使李裕璧那么的忐忑不安，他掩饰不住满腹的忧郁，结着寒冰的脸上勉强地，浅浅地浮了一层应酬的笑意，拱了手，不住地点头哈腰，与悦新昌的其他几位股东黯然告别。然后连夜乘船，赶回小镇沔水自己的家里。李裕璧面对将来，要做的第一件事情就是：他们必须抱歉地告知柳家，正式解除儿女的婚约。

李裕璧与太太关上了卧室的房门，夫妇俩头碰头商量了整整一天。李太太一边商量一边不住地垂泪。无论是男方主动还是女方主动，退婚本身就是一桩很不体面的事情。订了婚的姑娘其实已经算是有了人家的人了，因为另有所爱而退婚，这与有夫之妇红杏出墙区别不大，是尤其不体面的，是社会公德所不容的，是会被千夫所指，万人唾骂的。更何况人家柳家是世代的大家。像李家这种普通的商人家庭，要退人家柳家的婚，岂不是给脸不要脸，退婚这种话，是如何说得出口？并且柳家的威望岂止一般的富豪人家？柳书城的父亲，是辛亥首义的志士，做官做到了国民党政务院的副院长，这是多大的官！但是人家见好就收，急流勇退，辞职回乡，大办平民教育，被广大老百姓尊重地昵称为柳先生。他的太太，老百姓也不再叫太太了，人人都尊称为柳师娘。柳家如此德高望重，退婚这种话，面对柳先生，是如何说得出口？再说，订婚这两年来，他们李家吃了柳家多少茶？逢年过节，柳书城从来不肯忽略未婚女婿送茶的乡风习俗。柳家送茶一次，李家便箱满一次囤满一次。退婚这种话，是如何说得出口？再说当年为了高攀这门亲事，李裕璧夫妇真是费尽了心机。有一段时间，李太太与柳师娘过从甚密。李太太为了巴结柳师娘，柳师娘的绣花鞋面几乎都是李太太给承包下来了。女儿的前程，女儿的名誉，都是很重要的，可是更重要的是太羞辱柳家了,同时也等于李裕璧夫妇自己在打自己的嘴巴。

李太太心如刀绞,左想右想,怎么也没有胆量和勇气对柳家说出退婚的话来。李裕璧则硬下心肠,坚决地说必须退婚,而且越快越好。李裕璧在大街上亲眼看见女儿和那个男青年了,再与女儿周旋是没有用的了,退婚势在必行。李家越是有愧于柳家,就越是要尽快退婚,以免让柳家过于蒙羞。谁都要做许多自己不想做的事情,这有什么办法呢?

长夜过去了,李太太的眼睛肿得剩下一条细缝。窗棂渐渐地白亮。雄鸡在后院欢快地打鸣。李裕璧站起来,抚摸着太太的肩,说:"照商量的办法做吧!请柳师娘!"

李家要请柳师娘了!

李家实在不敢,也觉得实在不配,当面对柳先生交涉退婚的事情。好在李太太与柳师娘常来常往,柳师娘又是一个极其聪慧的女人,什么事情点到为止就可以了。所以,那就请柳师娘吧。

李家从前也经常请柳师娘的。儿女亲家嘛，往来还是比较频繁的。除了大的节日，亲家双方互相正式宴请之外，一般的日子里，若是李裕璧带回来了一些山珍海味，或者过一些民间的小节气，像三月三、七巧节什么的，李太太都会去请柳师娘，再请两位会说笑的太太做陪客。几个太太在一起，吃顿好饭，饮几盅清酒，饭后玩几局麻将。麻将之后，坐在院子里，吃一点时鲜果子。一边拿出各自的绣样，还有一些从上海广州捎过来的胭脂香粉，互相欣赏和交换一番，一边呢，也聊聊时局。最后，总是陪客的太太们先告辞。柳师娘呢，照例要留下来抽两口鸦片。李裕璧是不抽鸦片的。李太太从前也不抽。都是当初为了巴结这门亲事，李太太才装出会抽两口的样子，好让柳师娘抽烟的时候感到自然和放松。李太太抽着抽着，也就真的习惯了。隔一阵子，李太太总是要找借口请请柳师娘。一般，在抽足了鸦片之后，柳师娘与李太太继续歪在榻上，在鸦片的余韵里，说说儿女的婚事，设计一番婚礼的细节。李家女儿李玉洁,对于法国婚纱的向往,就是李太太在某一日,与柳师娘抽鸦片之后流露出来的意思。柳师娘是个有心人,一听未来的媳妇有要求,回去就辗转托人去买法国婚纱。为了不让李家觉得歉疚,下一次的聚会,柳师娘大谈了一番教堂婚礼的美妙,并且一再强调她本人太喜欢西式婚纱了。

从前,平常的日子里,请柳师娘都是让家里的伙计事先跑一趟,送一个口信过去,说我们家太太请您明天过去吃午饭。到了次日午饭将近的时刻,柳师娘自己就一顶素缎小轿过来了。但凡有重大的节日和重要的宴席,那都是李太太亲自上门去请。届时还必得李太太一顶小轿过去,候在柳家,再陪着柳师娘过来。两顶小轿,一顶素缎的,一顶乡下老蓝布细花蜡染的。在江汉平原的轻风柳梢之下,从沔水镇最东头来到沔水镇的最西头。镇子上的人,都是认得这两顶轿子的。街市上的贩夫走卒,他们的目光,齐齐地追随着移动的轿子,心里的嫉妒压过了羡慕。一般人家是认命的，羡慕多于嫉妒，最多委屈地念一声佛罢了。可是又有谁能够理解，坐轿子的人其实也有很多难言苦衷的。无论什么人，一旦遭遇痛苦，任何形式都挽救不了他。何谈坐坐轿子？

三天以后，柳师娘与李太太的轿子悠悠地在人们的目光中穿街而过。李太太便是充满了难言苦衷的烦恼人儿。李太太在轿子里面如坐针毡，哭又哭不得，怕眼睛又肿了。一双手的十根手指头，为了这一次请柳师娘，日夜忙碌，冷水里进，热水里出，粗糙得裂开了无数的小口子，十指连心，痛着呢。轿子里的李太太愁肠百转，下了轿子与柳师娘如何说话，吃饭的时候与柳师娘如何说话，抽鸦片以后该如何把退婚的事情说出口啊！李太太惶恐地发现，一般应该由父亲来决定的儿女婚事，怎么落到了她这个做母亲的身上？她的命怎么这么不好？嫁了一个长期在外面做生意的男人，生了一个太不孝顺的女儿。关键时刻，她没有退路，没有选择，无可躲避。请柳师娘来到家里，必得是由她来应付与开口。她怎么开得了这个口呢？李太太撩开轿帘看出去，她想，哪怕她生来就是大街上小铺子里卖杂货的女人也好啊，那么她就什么话都敢说，而且她说什么话，人们都可以接受。此时此刻，李太太觉得自己是世界上最不幸的女人了。

这一次请柳师娘，李裕璧夫妇整整用了三天时间才准备妥当。李家是那种比较勤俭的富裕人家。家里只用了三个用人：一个厨子，一个洗衣娘，一个担水劈柴跑里跑外的毛头伙计。沔水镇虽然号称小汉口，到底也就是一个镇子。李家的所谓厨子，南北大菜是不会的，精致小点也是不会的，就是会做一些家常的饭菜而已。重大节日，重要事件，李裕璧自己都要上阵亲自操刀掌厨。李裕璧年轻的时候，不疼不痒地学过几日红案白案，本事倒也没有学到几手，主要的是李裕璧在外面吃得多，生性又喜欢研究事物，在外面吃了什么，回家若有闲暇，就模仿着做做，一做吧，还挺像模像样，菜肴就越做越好了。这一次请柳师娘,是要说退婚的事情,是打人家脸的事情。李裕璧的这顿饭,要做得好上加好,隆重得不能再隆重,才能够表达自己赔罪的一片苦心。这一次,李裕璧就顾不上爱惜太太了,由她操劳去。李太太自然也不用丈夫劝说,毫不犹豫地换下旗袍,穿上短褂,挽起袖子,带着洗衣娘埋头做事。家里要窗明几净,上百块的窗玻璃是要擦得水一般透明的。景德镇最上等的影青细瓷餐具,每年春节才拿出来用一次,那是要她亲手摆弄的,否则,非被洗衣娘碰坏几只不可。这一次的抽鸦片,得专门布置一间密室了,在以往喝茶的小厅里是不行的。小厅里门多了一点,窗多了一点,穿堂风也会让人感到这个地方不够严密。到时候,提到退婚的事情,让人家柳师娘的面子往哪儿搁?这间密室的布置,当然也是李太太的事情了。

布置吸烟室把李太太累得最苦,腰疼得跟断了似的。一间堆满了陈年杂物的厢房,要把杂物统统搬出去,把房间打扫得干干净净。这吸烟室命中注定是临时的。以后柳师娘断然不会再来李家了。唯其如此,房间的布置就更不能马虎,不能有临时的感觉,不能让柳师娘觉得李家在敷衍应付他们柳家,一定要让柳师娘体会到李裕璧夫妇深深的歉疚之意。这间吸烟兼密谈的雅室里,精致的家具是要有几件的,屏风是要有的,绣墩是要有的,罗汉床是要有的,贵妃榻也是要有的。茶几上一定要摆上花瓶。桌面上一定要摆上玉如意和苏绣小品。房门外要挂上李太太亲自手绣的门帘。吸烟的靠枕,李太太拿出了李家仅有的一对天鹅绒枕芯,吸烟时候为腰腿保暖的毯子,李太太拿出了祖传的一张老虎皮。吐痰用的是李太太陪嫁的一只景泰蓝痰盂,这只痰盂从来都是作为工艺品陈列在多槅柜里的,为了柳师娘,这一次要让它名副其实地现实一回。总之,李家祖宗几代积攒的一些好东西都集中到这里来了,但愿这些好东西能够表达李家的歉意之万一。

这三天里,李裕璧也换下了长袍。除了经常要替太太决定一些事情,李裕璧主要是下厨。这次请柳师娘没有请别的陪客，陪客就是李裕璧夫妇，吃饭就是柳师娘一个客人，但是菜肴的规格是按李家请客的最高规格。高汤要事先熬好，到时候好为柳师娘下一碗银丝细面。凉菜是八小碟。热菜是十大盘。汤是甜的一道，咸的一道。羹是每人一盅。全鱼不能少，肉丸子不能少，这是两样表示吉祥如意的菜肴。李裕璧头一天是构思，设计和开出采购的清单来。第二天是采购和清洗原料。第二天的晚上就开了卤锅，卤了牛肉、猪头、野兔、野鸭、顺风、腊鱼和腊肉。同时还开了油锅，油炸了肉丸子、青鱼块、年糕片、花生米。厨子给李裕璧打下手。厨子紧张劳作了两天，入夜就困乏不堪了。李裕璧只好独自守在油锅边，忧郁地油炸各种食品。李太太心疼丈夫，叫醒厨子，数落了他几句。李太太一走，厨子还是耷拉下头打瞌睡去了。厨子认为又不是过年，又不办喜事，也不是什么日子，他死活兴奋不起来。

李裕璧对太太说："算了。自己做吧。自己作了孽，应该自己来受苦。"

第三天，李裕璧把自己关在厨房的套间里，全神贯注地制作小碟凉菜。卤好了、凉透了的食物闪着油亮油亮的绛红色光芒，堆了满满一筲箕。李裕璧坐在这筲箕前面，手边放着从小到大，从薄到厚的三把菜刀和一把剔骨小尖刀。李裕璧用这些工具精心地将所有的肉从骨头上剥离下来。然后选用最好的部位，薄薄地切成片，整齐地码在小碟里。卤菜看上去一大堆，真正摆起来有看相的，其实也不多。比如卤牛肉吧，挑来挑去，名副其实能够称得上灯影牛肉的，也只有肌腱最丰满的那一点点地方。真正的好东西真是太少有了！料理着卤菜，也是会使李裕璧心酸的。人到中年，处处触摸到事物的实质。真正的好东西的确是太少了！真正合心合意的日子，也的确太少了！再困难的人生关口，遇到了就得过去，你没有多少废话可说！只有该做什么就硬着头皮做好了。

这一次，问题还不仅止于此。女儿的行为还强烈地冲击到了李裕璧的灵魂深处。他感到女儿做的决定，也不是完全没有道理，女儿有恃无恐的态度，来源于某种踏实的依据，仿佛依据着一个很强大的靠山。这个靠山是什么呢？李裕璧说不清楚，但是他能够感觉到这靠山已经轰隆隆开过来了，有着火车头那种势不可挡的威力。李裕璧本能地感到这火车头要冲撞他们了。这种预感使李裕璧时刻挣扎在噩梦与幻觉之中。对于时局的变化，李裕璧比他太太敏感多了。李太太也许只是痛惜女儿失去了绝好的婆家和自己的名声。可是，李裕璧甚至闪动过这样的念头：说不定女儿倒是为自己选择了一个美好的将来呢。李裕璧不敢多想。这种念头的闪动使他的良心受到强烈谴责。他觉得自己过于势利了。

将来的事情是说不定的，谁知道女儿的选择会给他们李家带来什么？就算把脑袋想破，李裕璧也无法判断将来的结果。退婚不是一件简单的家事。退婚把现在和将来，一切都搅得天翻地覆了。李裕璧心里像塞进了一团乱麻。丝绸哪，生意哪，朋友哪，货物哪，这些曾经一刻都放不下的大事，李裕璧坚决地要把它们放下一回了。

李裕璧必须把宴席整得最好，请了柳师娘再说。柳师娘当然吃不了几口，但是她一看这阵势就会明白自己受到了多大的敬重。本来嘛，宴席从来都不是吃的，都是看的，是老祖宗留传下来的最根本的语言和表达，就是为一个人，也要做出整桌的演戏。李裕璧不得不这么做。人生真是受苦，不管你是否愿意，在某种情况之下，你必须放下自己的事情在厨房里切肉！你不切肉就是不行！

三天来，李太太与洗衣娘也要时常加入厨房的劳动中。许多蔬菜都是从地里刚拔出来的，带着肥沃的泥土，得细致地整理和清洗。清洗量一大，毛头伙计担水的工作量就大大增加，肩头都红肿了。他提醒李太太说："太太，这不跟过年一样了吗？过年可不光是我一个人担水，总是要买好几担水的。"

李太太便几次三番要去请示丈夫，是否买水，还是要由李裕璧决定的。李太太踮起脚，从窗户格子里偷偷看了看李裕璧。她被丈夫的神态吓住了。李裕璧做凉菜做得是那么投入，眉头皱得紧紧的，腮帮子还不住地抽动，这是在咬牙切齿呢。李裕璧入迷了，周身有寒光，拒人千里之外。李太太不敢惊动丈夫了。她拿出自己的体己钱，给了毛头伙计一点，说："买几担水吧。"

李家的气氛如此紧张和肃穆，到了应该李太太去请柳师娘的时候，李太太上轿都抬不起来脚了。头一天去请柳师娘，次日去迎候柳师娘，出门的时候李太太都是战战兢兢的，差不多都是洗衣娘把李太太半推半抱地弄进了轿子。

迎候柳师娘的这一天，李裕璧夫妇起了一个大早。家里一切都准备妥当了，不需要他们再亲自动手了。夫妇俩穿起了迎接贵客的服装。李裕璧是派力司长袍。略微吃了几口早点，他就去了书房，净手焚香，拿了书，在那儿一边看书一边等待。书看不看得进去是另外的事情，艰难的等待总得需要一种形式来打发过去。李太太的确比丈夫要惨得多，她的穿着打扮费心机也费时间。既要华贵又不要太华贵，既要庄重也不能过分庄重，既要体面又不要太漂亮。今天她是不能超过柳师娘又不能怠慢柳师娘的。经过再三的挑选，李太太在丝绵旗袍外面罩了一件宝蓝软缎旗袍，这件旗袍颜色不抢眼，质地却是上好的，穿过了一水，柳师娘应该有印象。而且旗袍里面穿了棉袍，苗条和袅娜就失去了。罩在外面的旗袍再好，也是没有用的。李太太看上去水桶一般粗笨，憨憨的，平添了几分村妇气息。她的模样惹恼不了任何女人。李太太让洗衣娘给她绞了脸。她在自己光洁的脸上只是涂了雅霜，没有用脂粉。头发在昨天夜里新洗过了。发胶是特意用新鲜的刨花炮制的，梳在头发上，头发光溜溜，散发松木的香气，不像法兰西国的香水那么霸道和显眼。柳师娘一定是要用法兰西国的香水的了。让柳师娘更香一些吧。

这一天，李太太的轿子一到，柳师娘就出来了。柳师娘从幽暗的侧门走进客厅，她一出现，客厅蓦然就亮了起来，就像太阳移出了云层。柳师娘穿着曳地的紫红色寿字缎旗袍，旗袍外罩了貂皮大衣，手里还笼了一只时髦的海虎绒暖手。浓郁的法兰西国的香水雾一样覆盖了过来。在这氤氲的香气里，柳师娘耀眼的钻石耳环摇晃着，富态的脸上春风是春风，杨柳是杨柳，好一位气派的贵夫人。李太太不敢多看柳师娘，越看李太太就越是伤心。两位太太相视一笑，都没有过多的话，就分别钻进了自己的轿子。她们已经是老朋友了。她们有默契。一般只有在抽了鸦片以后，她们才絮絮叨叨地说一些体己话。

经过整整三天的劳作而铺排出来的宴席，排场是相当大的。吃起来，却没有用太长的时间。柳师娘生在大户人家，嫁在大户人家，对于吃已经不是很在意了。灯影牛肉她尝了两三片。甲鱼羹她吃了一盅。高汤煮了一碗银丝细面，面条仅有一筷子罢了。餐桌上的许多菜，柳师娘根本就没有动箸。倒是对每一道菜，她都很有兴致地观赏着，几乎把每一道菜都大大表扬了一番。

李裕璧夫妇肯定是食不甘味的。他们主要是陪着柳师娘。调动他们最大的热情,说这说那,为柳师娘佐餐。李裕璧夫妇事先最害怕柳师娘起疑心,怕柳师娘追问:你们这是为什么?这么郑重是有什么喜事?为什么没有让孙太太、欧阳太太和王女士一道品尝你们的厨艺?侥幸的是,柳师娘没有提出任何类似的问题。倒是李裕璧夫妇心虚,一再地说李裕璧最近做成了一笔大生意,值得好好庆贺一番。李裕璧夫妇东拉西扯,喋喋不休地聊天,柳师娘不以为意地听了过去。她似乎对灯影牛肉更感兴趣。她把一片牛肉夹起来,对着蜡烛的光亮反复地欣赏它的花纹,由衷地说:"漂亮!真是漂亮!"

三个人的宴席,再怎么也吃不出生气来。宴席很快就接近尾声了。柳师娘在这个时候又说了一句话。她说:"李太太,我求一个灯影牛肉的菜谱行不行?"

李裕璧如蒙大赦,连忙说:"自然的了!自然的了。"李裕璧借着台阶，顺势而下，说声"失陪"就退了席，到书房写菜谱去了。

宴席也就到此结束。李太太便陪柳师娘去抽鸦片。对于新的鸦片室，柳师娘也很是喜欢，进去之后四周端详了端详，也结结实实地夸奖了几句。李太太胆战心惊，依据编好了谎言，等着柳师娘询问新鸦片室的来由，然而，柳师娘绝口不问。柳师娘泰然自若，伸了一个懒腰，上了罗汉床，侧卧着，头底下垫着天鹅绒靠枕，接过李太太烧好了的烟枪。李太太将老虎皮的毯子轻轻盖在柳师娘的腰间。柳师娘半眯着眼睛，受用地哼哼了一声。李太太在柳师娘对面惴惴地卧了下来，也捧着一支烟枪，抽得有一搭没一搭的，眼睛一直觑着柳师娘的动静。昏暗的，密不透风的房间里弥漫着大烟的异香，柳师娘享受得似乎是睡着了。李太太的嘴角却因为过度紧张，抽搐起来，她用手指使劲地压迫，却怎么也制止不住这意外的抽搐。结局在分分秒秒逼近。两颗烟泡已经吸完了。柳师娘舒展了一下身子，扭头看见了李太太崭新的景泰蓝痰盂,她沉吟了片刻,然后清了清嗓子,毅然地往痰盂里吐了一口痰。李太太忽然觉得柳师娘什么都明白了,她口干舌燥起来。

李太太盯着自己陪嫁的景泰蓝痰盂,结结巴巴地说话了。她说:"柳师娘,我们,真的是没有脸面对柳先生,只好先请您过来,玉洁这死丫头——"

柳师娘没有让李太太把话说完。柳师娘伸出一个指头,点了点李太太的手背,制止了她。柳师娘的指头凉如寒冰,李太太一惊,顿住了,泪水再也含蓄不住。柳师娘朝李太太缓缓地打量了一眼,似笑非笑地摇摇头,然后兀自提起旗袍,款款地迈出了房门。

李裕璧呆坐在厅堂里,一见柳师娘出来,便赶紧迎了上去,哭丧着脸,两手一揖到底,叫了一声:"柳师娘!"

柳师娘将她的双手笼在暖手里,很端庄地伫立着,看着远处,细声细气地问道:"给我的菜谱写好了没有？"

李裕璧说："写好了写好了。"

柳师娘说："写好了就好。"

李裕璧赶紧送上了用宣纸写好的菜谱。柳师娘接过菜谱，从容不迫地放进了她的小包里。依旧轻言细语，对李裕璧夫妇说："我一进门，什么都知道了，我们柳家没有什么话说了。虽说世道在变，可日子总是流水一样的长啊！将来的结果，大家也是看得见的。好人家总是好人家，好日子总是好日子。"

柳师娘说完，径直走进她的小轿。素缎小轿云朵一样浮起来，轻快地飘远。李裕璧夫妇张口结舌。他们复杂的目光追随着柳师娘的素缎小轿，这顶素缎小轿一直滑到江汉平原的边缘，小得成了一滴水珠，从他们的视线里悄然滑落。

（发表于 1999 年 10 月《山花》）